HEER VAN HET DUISTER

De wereld van Darren Shan – 11

Darren Shan

HEER VAN HET DUISTER

De wereld van Darren Shan – 11

Piramide

STICHTING NEDERLANDSE
KINDERJURY
2005

Bezoek ook Shanville – het thuis van Darren Shan –
op www.darrenshan.com

Oorspronkelijke titel: *Lord of the Shadows*
Verschenen bij HarperCollins*Publishers*
© 2004 Darren Shan
Voor deze uitgave:
© 2004 Piramide, een imprint van uitgeverij De Fontein, Baarn
Vertaling: Lucien Duzee
Omslagafbeelding: Larry Rostant
Omslagontwerp: Wouter van der Struys
Grafische verzorging: Text & Image

ISBN 90 261 3085 6
NUR 283

Voor:

Bas – mijn wereldverkennende meissie

OBI:
(Orde van de Bloederige Ingewanden) voor:
Maiko 'Groene Vingers' Enomoto
Megumi 'De Stem' Hashimoto
'Queen' Tomoko Taguchi
'Arendsoog' Tomoko Aoki
Yamada 'Papa' san

En verder iedereen van het Japanse Shan-team dat
zijn best heeft gedaan om van juni 2003 voor mij
zo'n onvergetelijke tijd te maken

Redactieteam:
Gillie 'De Don' en Zoë 'De Mam'

Top gidsen:
De Christopher Little-club

PROLOOG

Vanuit de verte kwam een golf van bloed aanzetten. Rood, omhoogstekend en afgezet met spugende vuurkoppen. Op een uitgestrekte vlakte stond een massa vampiers te wachten. Het waren er zo'n drieduizend en allemaal keken ze naar de aanstormende golf. Achterin, afgescheiden van de menigte, stond ik in mijn eentje. Ik probeerde naar voren te lopen – ik wilde bij de rest van de clan zijn als ze door de golf overspoeld werden – maar ik werd tegengehouden door een onzichtbare kracht.

Terwijl ik worstelde en in stilte brulde – mijn stem deed het hier niet – kwam de golf almaar dichterbij. De vampiers dromden samen, bang maar trots; ze zagen hun naderende dood waardig onder ogen. Sommigen richtten speren of zwaarden op de golf, alsof ze die konden verslaan.

De golf was nu heel dichtbij, bijna boven hen, een halve kilometer hoog, en strekte zich in een ongebroken lijn uit langs de hele horizon. Een golf van knetterende vlammen en kokend bloed. De maan verdween achter het helrode gordijn en een bloedrode duisternis daalde neer.

De voorste vampiers werden verzwolgen door de golf.

Ze gilden van de pijn toen ze verpletterd werden, verdronken of verbrandden, en hun lichamen tolden als kurken in het centrum van de scharlakenrode golf. Ik stak mijn handen naar hen – mijn volk – uit en bad tot de goden van de vampiers me te bevrijden, zodat ik samen met mijn bloedbroeders en -zusters kon sterven. Maar nog steeds kon ik me niet bevrijden uit de onzichtbare ketenen.

Er verdwenen nog meer vampiers in de branding van vuur en bloed, en ze werden verzwolgen door de genadeloze, rode vloed. Duizend levens werden weggevaagd... vijftienhonderd krijgers geëlimineerd... tweeduizend zielen vlogen naar het paradijs... vijfentwintighonderd doodskreten... drieduizend lijken die brandend ronddobberden in de vlammen.

En toen was alleen ik nog over. Ik kreeg mijn stem terug en met een wanhopige kreet zakte ik op mijn knieën en keek vol haat omhoog naar de kop van de golf die boven mijn hoofd bleef hangen. Ik zag gezichten in het brandende bloed – die van mijn vrienden en bondgenoten. De golf beschimpte me met hen. Toen zag ik boven de golf iets in de lucht zweven, een mythisch wezen, maar o zo echt. Een draak. Lang, glinsterend en vol schubben, maar angstaanjagend mooi. En op zijn rug: een persoon. Een gedaante van levende duisternis. Het was alsof zijn lichaam uit schaduwen bestond.

De schaduwman lachte toen hij me zag, en zijn lach klonk als een spookachtig gekakel, boosaardig en spottend. Op zijn bevel dook de draak naar beneden tot hij op slechts een paar meter boven me hing. Nu zag ik het gezicht van de ruiter. Zijn gezicht was een dansende massa duistere vlekken, maar toen ik mijn ogen iets samenkneep, herkende ik hem: Steve Leopard.

'Iedereen behoort de Heer van het duister toe,' zei Steve zacht en hij wees achter me. 'Dit is nu mijn wereld.'

Ik draaide me om en zag een uitgestrekte woestenij vol lijken. Over de doden heen kropen reusachtige padden, blazende zwarte panters, groteske menselijke mutanten en andere nachtmerrieachtige wezens. In de verte stonden steden in lichterlaaie en erboven hingen enorme paddestoelen van rook en vlammen.

Ik keek weer naar Steve en brulde uitdagend. 'Neem het tegen me op, monster! Vecht met me, nu!'

Steve lachte alleen maar en gebaarde met een arm naar de golf van vuur. Er volgde een ogenblik van verstilde rust. Toen sloeg de golf neer op de grond om me heen en werd ik weggevaagd. Mijn gezicht brandde, mijn longen vulden zich met bloed en ik was omgeven door de lichamen van de doden. Maar wat me de meeste schrik aanjoeg, was dat ik, net voordat ik werd opgeslokt door de eeuwige duisternis, een laatste glimp opving van de Heer van het duister. En deze keer zag ik niet het gezicht van Steve – ik zag dat van mezelf.

Mijn ogen schoten open. Ik wilde gillen, maar iemand hield een hand voor mijn mond, een grove en sterke hand. Ik werd bevangen door angst. Ik haalde uit naar mijn aanvaller. Toen kwam ik weer bij mijn positieven en ik besefte dat het alleen maar Harkat was die mijn geschreeuw smoorde om de slapers in de aangrenzende woonwagens en tenten niet wakker te maken.

Ik ontspande me en tikte op Harkats hand om aan te geven dat ik weer bij zinnen was. Hij liet me los en stapte achteruit, zijn grote, groene ogen vol bezorgdheid. Hij gaf me een beker water. Ik dronk gulzig, veegde daarna mijn mond af met een trillende hand en glimlachte zwakjes. 'Heb ik je wakker gemaakt?'
'Ik sliep niet,' zei Harkat. De Kleine Mens met de grijze huid had maar weinig slaap nodig en hij sliep vaak twee of drie dagen achter elkaar niet. Hij nam de beker van me aan en zette die neer. 'Het was deze keer... wel heel erg. Je begon vijf... of zes minuten geleden te schreeuwen en hield nu pas op. Dezelfde nachtmerrie?'
'Het is toch nooit anders?' mopperde ik. 'Het verloren land, de golf van vuur, de draak, en... Steve,'

maakte ik stilletjes af. Ik werd al bijna twee jaar door die nachtmerrie gekweld en werd minstens een paar keer per week gillend wakker. In al die maanden had ik Harkat niet over de Heer van het duister verteld en over dat ellendige gezicht dat ik altijd aan het einde van de nachtmerrie zag. Voor zover hij wist, was Steve het enige monster in mijn dromen – ik durfde hem niet te vertellen dat ik net zo bang was voor mezelf als voor Steve Leopard.

Ik zwaaide mijn benen uit mijn hangmat en ging rechtop zitten. Aan de duisternis kon ik zien dat het pas drie of vier uur in de morgen was, maar ik wist dat ik niet meer zou kunnen slapen. Door de nachtmerrie werd ik altijd overstuur wakker en ik kon daarna de slaap niet meer vatten.

Ik wreef over mijn nek en bestudeerde Harkat vanuit mijn ooghoeken. Hoewel hij niet de oorzaak van mijn nachtmerries was, kon ik ze tot hem herleiden. De Kleine Mens was gemaakt van de resten van een dode. Het grootste deel van zijn nieuwe leven had hij niet geweten wie hij was. Twee jaar geleden had meneer Tiny – een man met een ongelooflijke macht en de gave om door de tijd te reizen – ons naar een kale woestenij overgebracht en ons uitgestuurd op een zoektocht naar de oorspronkelijke identiteit van Harkat. We vochten tegen een variëteit aan wilde dieren en geschifte monsters voordat we uiteindelijk het oorspronkelijke lichaam van Harkat opvisten uit het Dodenmeer, een bewaarplaats voor verdoemde zielen. Harkat was vroeger een vampier geweest die Kurda Smahlt heette. Hij had de vampiersclan verraden in een poging om de oorlog met onze bloedneven, de paarshuidige vampanezen, te verijdelen. Om voor zijn zonden te boeten, had hij erin toegestemd Harkat Mulds te worden en naar het verleden te reizen om mij te beschermen.

Ik ben Darren Shan, een Vampiersprins. Ik ben ook een van de jagers op de Heer der Vampanezen – alias Steve Leopard. Steve was voorbestemd de vampanezen aan te voeren in hun zege op de vampiers. Als hij won, zou hij ons volledig wegvagen. Maar een paar van ons – de jagers – kregen de kans hem tegen te houden voordat hij al over alle vermogens van de vampanezen zou beschikken. Als we hem vonden en doodden voordat hij volledig vampanees was, zou de oorlog door ons gewonnen worden. Door mij als Harkat bij te staan, hoopte Kurda de clan te helpen en hun voorbeschikte vernietiging door de vampanezen te voorkomen. Zo zou hij een paar van zijn fouten goed kunnen maken.

Toen we de waarheid over Harkat aan de weet waren gekomen, keerden we terug naar onze eigen wereld – of beter: naar onze tijd. We hadden ontdekt dat de verloren wereld namelijk geen alternatief universum was en ook niet het verleden van onze aarde, zoals we aanvankelijk dachten, maar de toekomst. Meneer Tiny had ons een blik gegund op wat er zou gebeuren als de Heer van het duister aan de macht kwam. Harkat dacht dat de verloren wereld alleen zou bestaan als de vampanezen de Oorlog der Littekens wonnen. Maar ik kende een voorspelling die ik met niemand had gedeeld. Als de jacht op Steve er uiteindelijk op zat, waren er twee toekomsten mogelijk. In een ervan werd Steve de Heer van het duister en vernietigde hij de wereld. In de andere werd ík de Heer van het duister.

Daarom werd ik zo vaak hevig zwetend wakker door mijn eigen gegil. Het was niet alleen angst voor de toekomst, maar ook angst voor mezelf. Zou ik op de een of andere manier een rol spelen in de schepping van die kale, verwrongen wereld die ik in de toekomst had gezien? Was ik gedoemd om net zo'n monster te worden als Steve en alles te vernietigen wat me dierbaar was? Het leek onmogelijk, maar de onzekerheid bleef aan me knagen en werd opgeroepen door de nimmer aflatende nachtmerries.

Tot het aanbreken van de dag bleef ik met Harkat babbelen over niemendalletjes. Hij had zelf verschrikkelijke nachtmerries gehad voordat hij achter de waarheid over zichzelf was gekomen, dus hij wist precies wat ik doormaakte. Hij wist wat hij moest zeggen om me te kalmeren.

Toen de zon opging en het Cirque du Freak om ons heen tot leven kwam, begonnen we vroeg aan onze dagelijkse taken. We woonden sinds onze terugkeer van de zware queeste in de verloren wereld bij het circus. We wisten niet hoe de Oorlog der Littekens ervoor stond. Harkat wilde terug naar de Vampiersberg, of in ieder geval contact opnemen met de clan – nu hij wist dat hij ooit een vampier was geweest, maakte hij zich meer dan ooit zorgen om hen. Maar ik hield het af. Ik had niet het gevoel dat het daarvoor het juiste moment was. Ik had het idee dat het de bedoeling was dat we bij het circus bleven en dat het lot over onze koers zou beslissen wanneer de tijd rijp was. Harkat was het sterk met me oneens – we hadden er een paar fikse ruzies om gehad – maar hij volgde met tegenzin mijn wil, hoewel ik de laatste tijd het gevoel had gekregen dat zijn geduld bijna op was.

We deden veel verschillende karweitjes in het kamp en hielpen waar we nodig waren – we verhuisden rekwisieten, herstelden kostuums, voedden de Wolfman. We waren klusjesmannen. Meneer Tall – de eigenaar van het Cirque du Freak – had aangeboden voor ons wat verantwoordelijker en permanenter werk te zoeken, maar we wisten niet wanneer we zouden moeten vertrekken. Het was gemakkelijker eenvoudiger klussen te doen en niet al te zeer betrokken te raken bij het reilen en zeilen van het circus op de lange termijn. Op die manier zouden we niet zo erg gemist worden als het tijd werd om de freaks te verlaten.

We hadden net een voorstelling gegeven in een oude, vervallen fabriek aan de rand van een grote stad. Soms speelden we in de grote tent, maar meneer Tall gaf de voorkeur aan bestaande locaties. Dit was onze vierde en laatste voorstelling in de fabriek. We zouden de volgende ochtend vertrekken naar een nieuwe standplaats. Niemand van ons wist nog waar we naartoe gingen – meneer Tall nam die beslissingen en vertelde het ons gewoonlijk pas als we het kamp hadden opgebroken om te vertrekken.

Die avond brachten we een opmerkelijk strakke, opwindende show, opgezet rond een paar van de langst aanwezige artiesten: Gerda Tanden, Rhamus Tweebuik, Alexander Ribs, Truska de dame met de baard, Handen Hans, Evra en Shancus Von. Gewoonlijk deden de Vons de finale en joegen ze de toeschouwers de stuipen op het lijf door hun slangen vanuit de schaduwen bovenin naar beneden te laten glijden. Maar meneer Tall was de laatste tijd aan het experimenteren met een andere volgorde.

Op het toneel was Jekkus Flang aan het jongleren met messen. Jekkus was een van de helpers van het circus, zoals Harkat en ik, maar vanavond was hij aangekondigd als een topattractie en amuseerde hij het publiek met een reeks messentrucs. Jekkus was een goed jongleur, alleen was zijn optreden minder spectaculair vergeleken met dat van de anderen. Na een paar minuten stond een man op die vooraan zat toen Jekkus een lang mes op het puntje van zijn neus liet balanceren.

'Dit is flauwekul,' schreeuwde de man, terwijl hij op het toneel klom. 'Dit zou een plek vol magie en wonderen zijn – niet zomaar een beetje jongleren. Dit soort dingen kan ik in elk circus wel zien.'

Jekkus pakte het mes van zijn neus en snauwde naar de verstoorder: 'Ga van het toneel af, anders snij ik je in kleine stukjes!'

'Mij maak je niet bang,' snoof de man, terwijl hij een paar grote stappen in de richting van Jekkus deed, zodat ze oog in oog kwamen te staan. 'Je verdoet onze tijd en ons geld. Ik wil mijn geld terug.'

'Onbeschofte schooier!' brulde Jekkus, en hij haalde

vervolgens uit met zijn mes waarmee hij de linkerarm van de man net onder de elleboog afsneed! De man gilde het uit van de pijn en greep naar het vallende lichaamsdeel. Jekkus haalde nog een keer uit en sneed de andere arm van de man op dezelfde plaats af.

Mensen in het publiek raakten in paniek en sprongen op. De man met de gerafelde stompen onder zijn ellebogen wankelde naar de rand van het toneel en zwaaide wanhopig met zijn halve armen, duidelijk in shock. Maar toen bleef hij staan – en lachte.

De mensen op de voorste rijen hoorden het gelach en staarden wantrouwig naar het toneel. De man lachte weer luidkeels. Hierop ontspanden de mensen zich en keken verbaasd naar hem. Onder hun ogen groeiden uit de armstompen van de man kleine handen. De handjes groeiden door en werden gevolgd door polsen en onderarmen. Een minuut later hadden de armen van de man hun normale lengte teruggekregen. Hij bewoog zijn vingers, grinnikte en maakte een buiging.

'Dames en heren!' dreunde meneer Tall, die plotseling op het toneel was verschenen. 'Breng uw handen op elkaar voor de wonderbaarlijke, de verbazingwekkende, de ongelooflijke *Cormac Limbs!*'

Het publiek besefte dat het slachtoffer was van een grap – de man die uit het publiek naar voren was gekomen, hoorde bij de voorstelling. Ze klapten en joelden, terwijl Cormac zijn vingers een voor een afsneed en die vervolgens snel weer aangroeiden. Hij kon elk deel van zijn lichaam afsnijden – hoewel hij het nooit had geprobeerd met zijn hoofd! Toen was de voorstelling echt afgelopen en het publiek stroomde naar buiten, opgewonden pratend en discussierend over de geheimzinnige praktijken van het sensationele Cirque du Freak.

Binnen hielpen Harkat en ik met opruimen. Iedereen die meedeed, had ontzettend veel ervaring, en gewoonlijk hadden we alles binnen een halfuur opgeruimd, soms nog eerder. Terwijl we bezig waren stond meneer Tall in de schaduw. Dat was vreemd — omdat hij zich gewoonlijk na de voorstelling terugtrok in zijn woonwagen — maar we schonken er weinig aandacht aan. Je raakte gewend aan vreemde taferelen als je bij het Cirque du Freak werkte.

Terwijl ik een aantal stoelen op elkaar stapelde die door andere handen in een vrachtwagen geladen zouden worden, deed meneer Tall een stap naar voren. 'Een ogenblik, alsjeblieft, Darren,' zei hij, terwijl hij de hoge rode hoed afnam die hij altijd droeg als hij het toneel op ging. Hij haalde een kaart uit de hoed – de kaart was veel groter dan de hoed, maar ik vroeg niet hoe hij die erin had gekregen – en rolde hem uit. Hij hield één einde van de kaart in zijn grote linkerhand en gebaarde met zijn hoofd dat ik het andere einde moest pakken.

'Hier zijn we nu,' zei meneer Tall, wijzend op de kaart. Ik keek er nieuwsgierig naar en vroeg me af waarom hij me die liet zien. 'En we gaan hiernaartoe,' zei hij, wijzend op een stadje honderdzestig kilometer verderop.

Ik keek naar de naam van de stad. Mijn adem stokte in mijn keel. Een ogenblik voelde ik me duizelig worden en er leek een wolk voor mijn ogen voorbij te trekken. Toen werd mijn blik weer helder. 'Goed,' zei ik zacht.

'Je hoeft niet met ons mee,' zei meneer Tall. 'Je kunt een andere route nemen en ons later weer treffen, als je dat wilt.'

Ik dacht na, maar nam ineens een instinctieve beslissing. 'Het is goed,' zei ik. 'Ik ga mee. Dat wil ik. Het... het zal interessant worden.'

'Goed dan,' zei meneer Tall kortaf, terwijl hij de kaart terugpakte en weer oprolde. 'We vertrekken morgenochtend.'

Toen glipte meneer Tall weg. Ik had het gevoel dat hij mijn beslissing niet goedkeurde, maar ik wist niet waarom en dacht er verder niet zoveel over na. Ik bleef bij de opgestapelde stoelen staan en dacht aan het verleden, aan alle mensen die ik als kind kende, vooral aan mijn ouders en mijn jongere zus.

Harkat kwam uiteindelijk hinkend op me af en zwaaide met een grijze hand voor mijn gezicht waardoor ik uit mijn gedachten opschrok. 'Wat is er aan de hand?' vroeg hij toen hij mijn onrust voelde.

'Niets,' zei ik met een verwarde schouderophaal. 'In ieder geval, ik denk het niet. Misschien is het wel goed. Ik...' zuchtend keek ik naar de tien kleine littekens op mijn vingertoppen en mompelde zonder op te kijken: 'Ik ga naar huis.'

Alexander Ribs ging staan, tikte met een lepel tegen zijn ribbenkast en opende zijn mond. Er klonk een luide, muzikale toon en alle gesprekken verstomden. Terwijl Alexander de jongen aan het hoofd van de tafel aankeek, droeg hij voor: 'Hij is klein en hij is fijn, een snuiter zal hij nooit zijn, hij heet Shancus – hartelijk gefeliciteerd!'

Iedereen joelde. Dertig artiesten en helpers van het Cirque du Freak zaten bij elkaar rond een enorme ovalen tafel om de achtste verjaardag van Shancus Von te vieren. Het was een kille dag in april en de meesten hadden zich warm aangekleed. De tafel stond boordevol taarten, snoep en drankjes en we tastten vrolijk toe.

Toen Alexander Ribs weer zat, ging Truska staan – een vrouw die naar believen een baard kon laten groeien – en ze zong een volgende verjaarsgroet. 'Is hij ergens bang voor, dan is het moeders vliegende oor, hij heet Shancus – hartelijk gefeliciteerd!'

Toen ze het hoorde, trok Merla een oor los en zeilde dat naar haar zoon. Hij dook weg en het oor vloog hoog over hem heen, maakte een bocht en keerde terug naar Merla. Ze ving het op en zette het weer terug tegen de zijkant van haar hoofd. Iedereen lachte. Aangezien Shancus naar mij was vernoemd, leek het me gepast met een eigen vers te komen. Ik dacht na, ging staan, schraapte mijn keel en droeg voor: 'Hij is schubbig en toch zacht, vandaag wordt hij acht, hij heet Shancus – hartelijk gefeliciteerd!'

'Bedankt, peetvader,' zei Shancus grijnzend. Ik was niet echt zijn peetvader, maar hij vond het leuk om me zo te noemen – vooral als hij jarig was en een gaaf cadeautje verwachtte!

Er werden nog een paar verjaardagsversjes voor de slangenjongen voorgedragen en daarna ging Evra staan die zijn liedje eindigde met: 'Ondanks de streken die je uithaalt, houden je moeder en ik toch van je, Shancus – hartelijk gefeliciteerd!'

Er volgde een enorm applaus en daarna gingen de vrouwen aan tafel op Shancus af om hem te omhelzen en te knuffelen. Hij keek alsof hij zich vernederd voelde, maar ik kon zien dat hij heel blij was met al die aandacht. Zijn jongere broertje, Urcha, was jaloers en zat iets afzijdig van de anderen te pruilen. Hun zusje Lilia was aan het graven in de berg met cadeautjes die Shancus had gekregen om te zien of er iets van gading bij was voor een vijfjarig meisje.

Evra probeerde Urcha op te vrolijken. Anders dan Shancus en Lilia was het middelste kind Von een gewoon mens en hij voelde zich daardoor een beetje een buitenbeentje. Evra en Merla hadden het er erg moeilijk mee om hem een bijzonder gevoel te geven. Ik zag Evra Urcha een klein cadeautje geven en hoorde hem fluisteren: 'Vertel het niet aan de anderen!' Urcha zag er daarna veel gelukkiger uit. Hij ging naast Shancus aan tafel zitten en dook op de taartjes.

Ik liep naar Evra die stralend naar zijn gezin zat te kijken. 'Acht jaar,' merkte ik op, terwijl ik Evra een klap op zijn linkerschouder gaf (op zijn rechter-schouder waren lang geleden een paar schubben weg-gesneden en hij vond het niet prettig om daar aange-raakt te worden). 'Ik wed dat je het gevoel hebt dat het nog maar acht weken is.'

'Je weet niet half hoezeer je het bij het rechte eind hebt,' zei Evra glimlachend. 'De tijd vliegt voorbij als je kinderen hebt. Daar kom je zelf wel achter als je zelf...' Hij zweeg en trok een grimas. 'Sorry. Ik was het vergeten.'

'Maak je niet druk,' zei ik. Als halfvampier was ik steriel. Ik zou nooit kinderen kunnen krijgen. Dat was een van de nadelen als je deel uitmaakte van de clan.

'Wanneer laat je de slang aan Shancus zien?' vroeg Evra.

'Later,' zei ik grijnzend. 'Ik heb hem daarnet een boek gegeven. Hij denkt dat het zijn echte cadeautje is... hij vond het walgelijk. Ik laat hem eerst van het feest-je genieten en sla dan toe met de slang als hij denkt dat het allemaal voorbij is.'

Shancus had al een slang, maar ik had een nieuwe voor hem gekocht, groter en kleurrijker. Evra had me geholpen hem uit te kiezen. Urcha kreeg zijn oude slang, zodat beide jongens vanavond iets te vieren hadden.

Merla riep Evra terug naar het partijtje – Lilia was verward geraakt in inpakpapier en moest bevrijd worden. Ik keek een paar minuten naar mijn vriend, draaide vervolgens de festiviteiten de rug toe en liep weg. Ik liep door het maaswerk van woonwagens en tenten van het Cirque du Freak en bleef staan bij de kooi van de Wolfman. De woeste beestman lag te snurken. Ik pakte een potje zure uitjes uit mijn zak en at er een, terwijl ik triest glimlachte door de herinnering waaraan ik mijn trek in zure uitjes te danken had. Die herinnering bracht andere herinneringen naar boven; ik keek naar al die jaren terug en haalde grote gebeurtenissen terug, opmerkelijke triomfen en ziekmakende verliezen. De nacht dat ik bloed kreeg, toen meneer Crepsley vampiersbloed in me pompte. Hoelang het duurde voor ik wist om te gaan met mijn zintuigen en krachten. Sam Grest – de oorspronkelijke liefhebber van zure uitjes. Mijn eerste vriendinnetje, Debbie Hemlock. Mijn ontmoetingen met de vampanezen. De tocht naar de Vampiersberg. Mijn Proeven, waarmee ik moest bewijzen dat ik waardig genoeg was om een kind van de nacht te zijn. De mislukking en de vlucht. De ontdekking dat een Vampiersgeneraal – Kurda Smahlt – een verrader was, die samenwerkte met de vampanezen. De ontmaskering van Kurda. Het Prins worden.

De Wolfman verroerde zich en ik liep verder omdat ik hem niet wakker wilde maken. Mijn gedachten bleven om oude herinneringen heen draaien. Kurda die ons vertelde waarom hij de clan verraden had – de Heer der Vampanezen was opgestaan en stond klaar om zijn volk te leiden in een oorlog tegen de vampiers. De eerste jaren van de Oorlog der Littekens toen ik in de Vampiersberg woonde. Het verlaten van het veilige fort om in gezelschap van meneer Crepsley en Harkat jacht te maken op de Heer der Vampanezen. De ontmoeting met Vancha March, de derde jager – alleen hij, meneer Crepsley en ik mochten de Heer der Vampanezen doden. De reis met een heks die Evanna heette. De confrontatie met de Heer der Vampanezen, zonder dat we zijn identiteit kenden, tot pas later, toen hij was gevlucht met zijn beschermer, Gannen Harst.

Ik wilde hier ophouden – de herinneringen erna waren de pijnlijkste – maar mijn gedachten tolden voort. De terugkeer naar de stad waar meneer Crepsley zijn jeugd had doorgebracht. De hernieuwde ontmoeting met Debbie – die nu volwassen was en als lerares werkte. Andere gezichten uit het verleden – V.W. en Steve Leopard. De eerste was indertijd een ecosoldaat, een man die mij de schuld gaf van het verlies van zijn handen. Hij was vampanees geworden en maakte deel uit van een complot om mijn bondgenoten en mij onder de grond te lokken waar de Heer der Vampanezen ons kon doden.

Steve maakte ook deel uit van dat complot, hoewel ik in het begin dacht dat hij aan onze kant stond. Steve was in mijn jeugd mijn beste vriend geweest. We waren samen naar het Cirque du Freak gegaan. Hij herkende meneer Crepsley en vroeg hem of hij zijn assistent mocht worden. Meneer Crepsley weigerde – hij zei dat Steve slecht bloed had. Later werd Steve gebeten door de giftige tarantula van meneer Crepsley. Alleen meneer Crepsley kon hem genezen. Ik werd halfvampier om het leven van Steve te redden, maar Steve zag het anders. Hij dacht dat ik hem verraden had en zijn plaats onder de vampiers had ingenomen. Hij was vastbesloten wraak te nemen.

Ondergronds in de stad van meneer Crepsley. De confrontatie met de vampanezen in een ruimte die Steve de Spelonk der Vergelding had genoemd. Meneer Crepsley, Vancha, Harkat, Debbie, een politie-inspecteur die Alice Burgess heette en ik. Een heftige strijd. Meneer Crepsley kwam tegenover de man te staan van wie we dachten dat hij de Heer der Vampanezen was. Hij doodde hem. Maar daarna doodde Steve meneer Crepsley door hem in een kuil vol staken te duwen. Een ongelooflijk verlies, wat nog veel erger gemaakt werd toen Steve de schokkende waarheid onthulde: híj was de echte Heer der Vampanezen!

Ik bereikte de laatste tent en bleef staan. Half verdoofd staarde ik om me heen. We hadden ons kamp opgeslagen in een leegstaand voetbalstadion. Het was vroeger het thuisveld van de plaatselijke voetbalclub geweest, maar die had een paar jaar daarvoor een nieuw stadion betrokken. Het oude stadion zou gesloopt worden – er zouden woonflats voor in de plaats komen – maar pas over een paar maanden. Het was een griezelig gevoel om zo om je heen te kijken naar duizenden lege zitplaatsen in een spookachtig stadion.

Spoken... Daardoor moest ik denken aan mijn eropvolgende, bizarre zoektocht met Harkat door, zoals we nu wisten, een glimp van de toekomst. Weer begon ik me af te vragen of die verloren wereld van de toekomst onvermijdelijk was. Zou ik die kunnen voorkomen door Steve te doden of was het voorbestemd dat die wereld toch zou ontstaan, ongeacht de uitkomst van de Oorlog der Littekens?

Voordat ik al te opgefokt kon worden, kwam iemand naast me lopen die zei: 'Is het feestje voorbij?'

Ik keek om en zag het samengenaaide, grijze gezicht vol littekens van Harkat Mulds. 'Nee,' zei ik glimlachend. 'Het loopt ten einde, maar is nog niet voorbij.'

'Mooi. Ik was bang dat ik het zou missen.' Harkat had het grootste deel van de dag op straat rondgelopen en folders uitgedeeld voor het Cirque du Freak – dat was een van zijn taken als we een nieuwe standplaats hadden bereikt. Hij staarde me aan met zijn ronde, lidloze groene ogen. 'Hoe voel je je?' vroeg hij.

'Vreemd. Bezorgd. Onzeker.'

'Ben je er al in geweest?' Harkat gebaarde met een hand naar de stad achter de muren van het stadion. Ik schudde mijn hoofd. 'Ga je dat nog doen of ben je van plan... je schuil te houden tot we vertrekken?'

'Ik doe het wel,' zei ik. 'Maar het is moeilijk. Na zo veel jaren. Zo veel herinneringen.' Dit was de werkelijke reden waarom ik zo bezig was met het verleden. Na al deze jaren van reizen was ik teruggekeerd naar de stad waar ik was geboren en mijn hele leven als mens had gewoond.

'En als mijn familie hier nog steeds woont?' vroeg ik Harkat.

'Je ouders?' antwoordde hij.

'En Annie, mijn zus. Die denken dat ik dood ben. Als ze me nu eens zien?'

'Zouden ze je herkennen?' vroeg Harkat. 'Het is lang geleden. Mensen veranderen.'

'Mensen veranderen,' zei ik snuivend. 'Maar ik ben maar vier of vijf jaar ouder geworden.'

'Misschien zou het nog niet eens zo slecht zijn... om ze weer te zien,' zei Harkat. 'Stel je hun vreugde eens voor als ze erachterkwamen dat... je nog leeft.'

'Nee,' zei ik ferm. 'Daar heb ik over zitten nadenken sinds meneer Tall me vertelde dat we hierheen gingen. Ik wíl ze opsporen. Ik zou het heerlijk vinden. Maar voor hen zou het vreselijk zijn. Ze hebben me begraven, ze hebben gerouwd en hebben hopelijk hun leven weer opgepikt. Het zou niet eerlijk zijn al dat leed en die pijn weer naar boven te halen.'

'Ik weet niet of ik het er wel mee eens ben,' zei Harkat, 'maar het is... jouw beslissing. Dus blijf hier bij het circus. Hou je gedeisd. Verstop je.'

'Dat kan ik niet,' verzuchtte ik. 'Dit is mijn geboortestad. Ik wil graag weer eens door de straten lopen, zien wat er allemaal is veranderd, uitkijken naar gezichten van vroeger. Ik wil weten wat er met mijn vrienden is gebeurd. Het verstandigste is me niet te laten zien, maar wanneer heb ik ooit iets verstandigs gedaan?'

'Misschien trek je moeilijkheden wel aan... ook al zou je verstandig zijn,' zei Harkat.

'Wat bedoel je?' vroeg ik fronsend.

Harkat keek ongemakkelijk om zich heen. 'Ik heb een vreemd gevoel over... deze stad,' zei hij schor.

'Wat voor gevoel?' vroeg ik.

'Dat is moeilijk uit te leggen. Gewoon een gevoel dat

dit een... gevaarlijke plaats is, maar ook een plaats waar we... moeten zijn. Er zal hier iets gebeuren. Voel jij het niet?'

'Nee, maar mijn gedachten zijn heel erg verstrooid.'

'We hebben vaak gesproken over jouw beslissing om... bij het circus te blijven,' herinnerde Harkat me, waarmee hij voorbijging aan de vele ruzies die we hadden gehad of ik wel of niet zou vertrekken om naar de Vampiersgeneraals te gaan. Hij vond dat ik me aan mijn plicht onttrok, dat we naar de vampiers moesten gaan om de jacht op de Heer der Vampanezen te heropenen.

'Je begint er toch niet weer over, hè?' kreunde ik.

'Nee,' zei hij. 'Het tegenovergestelde. Ik vind nu dat je gelijk hebt. Als we niet bij het circus waren gebleven... zouden we nu hier niet zijn. En, zoals ik al zei, ik denk dat we... hier moeten zijn.'

Ik bestudeerde Harkat zwijgend. 'Wat denk je dat er gaat gebeuren?' vroeg ik rustig.

'Het gevoel is niet zo uitgesproken,' zei Harkat.

'Maar als je een gok moest doen?' hield ik aan.

Harkat haalde verlegen zijn schouders op. 'Ik denk dat we Steve Leonard misschien... weer tegenkomen, of een aanwijzing vinden... die met hem te maken heeft.'

Mijn maag kromp samen door de gedachte weer tegenover Steve te komen staan. Ik haatte hem om wat hij ons had aangedaan, vooral door de moord op meneer Crepsley. Maar net voordat meneer Crepsley stierf, had hij me gewaarschuwd mijn leven niet door haat te laten leiden. Hij zei me dat ik dan net zo gestoord zou raken als Steve. Dus hoewel ik ernaar snakte de rekening te vereffenen, maakte ik me er ook zorgen om. Ik wist niet hoe ik zou reageren als ik hem weer zag, of ik wel in staat zou zijn mijn emoties te beheersen of dat ik overgeleverd zou zijn aan een blinde woede vol haat.

'Je bent bang,' merkte Harkat op.

'Ja. Maar niet voor Steve. Ik ben bang om wat ik zou kunnen doen.'

'Maak je geen zorgen,' zei Harkat glimlachend. 'Met jou komt het wel goed.'

'En als nou...' Ik aarzelde, bang dat ik een vloek over mezelf zou afroepen. Maar dat was dwaas, dus ik zei het toch. 'En als Steve nu eens probeert mijn familie tegen me te gebruiken? Als hij nu eens mijn ouders bedreigt, of Annie?'

Harkat knikte langzaam. 'Daar heb ik al aan gedacht. Die mogelijkheid is zo misselijk dat ik hem er wel... toe in staat acht.'

'Wat moet ik doen als dat gebeurt?' vroeg ik. 'Hij heeft Debbie al een keer in zijn krankzinnige plan betrokken om mij te vernietigen – om over V.W. maar te zwijgen. Als hij nu eens...'

'Rustig nou maar,' zei Harkat sussend. 'Eerst moet je erachter zien te komen... of je familieleden hier nog wel wonen. Als dat zo is, kunnen we voor hen wel... bescherming regelen. We laten hun huis in de gaten houden... en over hen waken.'

'Alleen wij tweeën kunnen hen niet beschermen,' gromde ik.

'Maar we zijn niet alleen,' zei Harkat. 'We hebben

een heleboel vrienden bij... het circus. Die zullen wel helpen.'

'Vind je het wel eerlijk om hen erbij te betrekken?' vroeg ik.

'Misschien zijn ze er al bij betrokken,' zei Harkat. 'Volgens mij is hun lot al met dat van ons verweven. Dat zou weleens een andere reden kunnen zijn waarom je het gevoel had... hier te moeten blijven.' Hij glimlachte. 'Kom mee, ik wil op het feestje zijn voor... Rhamus alle taarten heeft opgeschrokt.'

Lachend zette ik mijn angsten voorlopig van me af en liep met Harkat terug door het kamp. Maar als ik had geweten hoe stevig het lot van mijn circusvrienden met dat van mij verbonden was, en de angst die ik hen zou bezorgen, zou ik rechtsomkeert hebben gemaakt en ogenblikkelijk naar het andere einde van de wereld zijn gevlucht.

Die dag ging ik niet de stad in. Ik bleef bij het Cirque du Freak en vierde Shancus' verjaardag. Hij was dol op zijn nieuwe slang en volgens mij zou Urcha in de zevende hemel zijn als hij erachterkwam dat Shancus' oude slang van hem werd. Het feestje duurde langer dan verwacht. De tafel werd volgeladen met nog meer taarten en broodjes en zelfs de eeuwig hongerige Rhamus Tweebuik kon het allemaal niet meer verwerken. Daarna bereidden we ons voor op de avondvoorstelling, die gladjes verliep. Het grootste deel van de voorstelling bleef ik in de coulissen, bestudeerde de gezichten van het publiek en zocht naar oude buren en vrienden. Maar ik zag niemand die ik kende.

De volgende ochtend, toen de meeste circusmensen nog sliepen, glipte ik weg. Hoewel het een heldere dag was, droeg ik een lichte parka over mijn kleren, zodat ik, als het nodig was, de capuchon omhoog kon doen om mijn gezicht te verbergen.

Ik liep snel, opgewonden om weer terug te zijn. De straten waren erg veranderd – nieuwe winkels en kantoren, veel gerenoveerde of nieuwe woningen – maar de namen waren nog dezelfde gebleven. Elke straat riep herinneringen op. De winkel waar ik mijn voetbalschoenen had gekocht. De favoriete kledingwinkel van ma. De bioscoop waar Annie haar eerste film had gezien. De kiosk waar ik mijn strips kocht.

Ik liep door een uitgestrekt complex waar vroeger de automatenhal was, waar ik veel kwam. Het had nu een nieuwe eigenaar en was onherkenbaar uitgebreid. Ik probeerde een paar spelletjes en glimlachte bij de herinnering aan de opwinding die ik voelde als ik hier op zaterdag kwam en een paar uur bleef hangen bij de nieuwste schietspelletjes.

Ik verliet het winkelcentrum en bezocht mijn lievelingsparken. Een was nu een nieuwe woonwijk geworden, maar het andere was hetzelfde gebleven. Ik zag een tuinman bezig met de verzorging van een bloembed – de oude William Morris, de grootvader van mijn vriend Alan. William was de eerste persoon uit het verleden die ik zag. Hij had me niet zo goed gekend, dus ik kon vlak langs hem heen lopen en hem van dichtbij bekijken zonder bang te zijn dat hij me herkende.

Ik wilde blijven staan en praten met Alans grootvader, om hem te vragen hoe het met Alan ging. Ik zou hem vertellen dat ik een van Alans vrienden was en dat ik geen contact meer met hem had. Maar toen herinnerde ik me dat Alan nu volwassen was, geen tiener zoals ik. Dus ik liep verder, zwijgend en onopgemerkt.

Ik wilde dolgraag mijn oude huis zien. Maar ik voelde me er nog niet klaar voor – elke keer dat ik eraan dacht, trilde ik van de zenuwen. Dus ik wandelde door het centrum van de stad, langs banken, winkels en restaurants. Ik ving glimpen op van gezichten die ik me nog vaag herinnerde – winkelbediendes en kelners, een paar klanten – maar niemand die ik persoonlijk had gekend.

Ik nam iets te eten in een café. Het eten was er niet bijzonder, maar het was de favoriete eetgelegenheid van mijn vader geweest. Hij had me hier regelmatig mee naartoe genomen voor een consumptie terwijl mam en Annie winkels aan het leegkopen waren. Het was leuk om in die vertrouwde omgeving te zitten en een broodje kip met spek te bestellen, zoals vroeger. Na de lunch slenterde ik langs mijn vroegere school – een griezelig gevoel maakte zich van me meester! Er was een nieuwe vleugel aangebouwd, en er stond een ijzeren hek om de speelplaats heen, maar verder zag het er nog net zo uit als ik me herinnerde. De lunchpauze liep ten einde. Ik keek vanuit de schaduw van een boom naar de leerlingen die in een rij terugliepen naar de les. Ik zag ook een paar leraren. De meesten waren nieuw voor mij, maar twee van hen trokken mijn aandacht. De ene was mevrouw McDaid. Ze had vreemde talen gegeven, voornamelijk aan leerlingen uit de hogere klassen. Ik had haar voor een trimester gehad toen mijn leraar met verlof was.

Ik had veel meer te maken gehad met de andere leraar: meneer Dalton! Ik had hem voor Engels en geschiedenis gehad. Hij was mijn lievelingsleraar geweest. Hij praatte met een paar leerlingen die na de pauze de school in liepen en door hun lachen zag ik dat hij nog net zo populair was als toen.

Het zou fantastisch zijn geweest om bij te praten met meneer Dalton. Ik dacht er serieus over na om te wachten tot de school was uitgegaan en hem dan op te zoeken. Hij zou wel weten wat er met mijn ouders en met Annie was gebeurd. Ik hoefde hem niet te vertellen dat ik een vampier was – ik zou kunnen zeggen dat ik een ziekte had waardoor ik er als een kind bleef uitzien. Om een verklaring te geven voor mijn 'dood', zou link worden, maar ik zou een plausibel verhaal in elkaar kunnen draaien.

Eén ding hield me tegen. Een paar jaar geleden was ik in de geboortestad van meneer Crepsley door de politie uitgemaakt voor moordenaar en waren mijn naam en foto op de tv en in de kranten verschenen. Als meneer Dalton daar nu eens over had gehoord? Als hij wist dat ik nog leefde en hij dacht dat ik een moordenaar was, zou hij de politie kunnen alarmeren. Het was veiliger niet het risico te lopen. Dus ik draaide de school mijn rug toe en liep langzaam weg. Pas toen bedacht ik me dat meneer Dalton niet de enige was die misschien de hysterie over 'Darren Shan – seriemoordenaar' had opgepikt. Misschien hadden mijn ouders er wel over gehoord! De stad van meneer Crepsley lag in een ander deel van de wereld en ik wist niet hoe het nieuws tussen beide landen werd verspreid. Maar het bleef een mogelijkheid.

Ik moest op een bank gaan zitten om na te denken over die afschuwelijke mogelijkheid. Ik kon me slechts een fractie voorstellen van hoe schokkend het moest zijn voor pa en ma om jaren nadat ze me begraven hadden, mij op het nieuws te zien met de tekst dat ik een moordenaar was. Waarom had ik daar nooit eerder aan gedacht?

Dit zou weleens een echt probleem kunnen worden. Zoals ik Harkat had verteld, was ik niet van plan mijn familie op te zoeken – dat was te pijnlijk voor iedereen. Maar als ze al wisten dat ik nog leefde en zij verkeerden in de foute veronderstelling dat ik een moordenaar was, zou ik de zaak recht moeten zetten. Maar als ze het nu eens níét wisten?

Ik moest wat onderzoek gaan doen. Eerder die ochtend was ik langs een splinternieuwe, ultramoderne bibliotheek gekomen. Ik haastte me erheen en vroeg de bibliothecaresse om assistentie. Ik zei dat ik met een studieproject bezig was en een belangrijk nieuwsitem van de afgelopen drie jaar nodig had om over te schrijven. Ik vroeg of ik alle edities van de grootste plaatselijke krant kon inzien, en ook die van de landelijke krant die mijn vader en moeder vroeger lazen. Ik nam aan dat als het nieuws over mijn bezigheden in de stad van meneer Crepsley mijn geboorteplaats had bereikt, ik in een van die kranten wel genoemd zou worden.

De bibliothecaresse hielp me graag. Ze liet me zien waar de microfiches waren opgeslagen en hoe ik ze moest gebruiken. Toen ik eenmaal wist hoe ik ze op het scherm kreeg en ze van pagina tot pagina kon bekijken, liet ze me alleen.

Ik begon met de oudste edities van de landelijke krant, vanaf een paar maanden voordat ik moeilijkheden kreeg met de politie. Ik zocht naar de naam van de stad van meneer Crepsley en de moordenaars die er huishielden. Ik schoot snel op, keek alleen maar naar de internationale berichten. Ik vond een paar verwijzingen naar de moorden – en beide berichten waren nogal spottend van toon. Kennelijk waren de journalisten hier geamuseerd geraakt door de geruchten die door de stad hadden gegonsd over vampiers, en het verhaal werd afgedaan als een vermakelijke anekdote. In één krant was een kort stukje met het nieuws dat de politie vier verdachten had aangehouden en hen door onachtzaamheid alle vier had laten ontsnappen. Geen namen en geen vermelding van de mensen die Steve had gedood toen hij uitbrak.

Ik was opgelucht en kwaad tegelijk. Ik kende de ellende die de vampanezen dat stadje hadden bezorgd, de levens die zij hadden verwoest. Het was niet goed dat zo'n grimmig verhaal werd afgedaan als een grappige anekdote omdat het was gebeurd in een stad hier ver vandaan. Ze zouden het niet zo grappig hebben gevonden als de vampanezen hier hadden huisgehouden.

Ik keek snel de edities van een paar maanden erna door, maar de krant had het verhaal na de ontsnapping verder laten rusten. Ik richtte me op de plaatselijke krant. Dat ging langzamer. Het belangrijke nieuws stond voorop, maar de lokale zaken waren door de hele krant heen verspreid. Ik moest bijna alle pagina's van elke krant doorbladeren voordat ik naar de volgende kon gaan.

Hoewel ik probeerde niet te blijven hangen bij artikelen die niets met mij te maken hadden, bleef ik onwillekeurig de eerste alinea's van de interessantere verhalen doorlezen. Snel was ik weer op de hoogte van alle nieuwtjes – de verkiezingen, schandalen, helden en boeven, politiemensen die een eervolle vermelding hadden gekregen, criminelen die de stad een slechte naam hadden bezorgd, een grote bankoverval, de derde plaats in een wedstrijd om de schoonste stad. Ik zag foto's en las stukjes over een aantal schoolvrienden van me, maar een van hen onderscheidde zich van de andere: die over Tom Jones! Tommy was samen met Steve en Alan Morris een van mijn beste vrienden geweest. Wij waren de twee beste voetballers van onze klas. Ik was de doelpuntenmaker en stond voorin en Tommy was de doelverdediger die spectaculaire reddingen verrichtte. Ik had er vaak over gedroomd beroepsvoetballer te worden. Tommy had die droom helemaal waargemaakt en was doelman geworden.

Er waren tientallen foto's en artikelen over hem. Tom Jones (hij had het 'Tommy' ingekort) was een van de beste keepers van het land. In veel artikelen werden grappen gemaakt over zijn naam – er bestond ook een beroemde zanger die Tom Jones heette – maar niemand had iets slechts te melden over Tommy zelf. Nadat hij zich op had gewerkt bij de amateurs, had hij getekend voor een plaatselijke club, naam gemaakt en daarna vijf jaar in het buitenland gevoetbald. Nu was hij terug en maakte hij deel uit van de beste ploeg van het land. In de meest recente edities las ik dat het onder de plaatselijke voetbalfans gonsde van de opwinding over het vooruitzicht dat Tom in de halve finale zou spelen die dit jaar in onze stad werd gehouden. Natuurlijk zouden ze veel gelukkiger zijn geweest als hun eigen ploeg had meegedaan, maar dit was het op een na beste nieuws.

Het lezen over Tommy bracht een glimlach op mijn gezicht – het was fantastisch om te zien dat een van mijn vrienden het zo ver had geschopt. Het andere goede nieuws was dat ik nergens werd genoemd. Aangezien dit maar een klein stadje was, wist ik zeker dat het in de krant zou hebben gestaan als iemand over mij in verband met de moorden had gehoord. Ik was veilig.

Maar mijn familie werd ook helemaal niet in de kranten genoemd. Ik kon nergens de naam Shan vinden. Er zat maar één ding op: ik zou persoonlijk informatie moeten inwinnen door terug te gaan naar het huis waar ik vroeger had gewoond.

Het huis maakte grote indruk op me. Het was helemaal niet veranderd. Het had dezelfde kleur deur, dezelfde soort gordijnen, dezelfde kleine tuin aan de achterkant. Terwijl ik ernaar stond te kijken met mijn handen stevig om de spijlen van het hek geklemd, verwachtte ik bijna een jongere versie van mezelf uit de achterdeur te zien springen met een stapel strips in zijn handen, op weg naar Steve.

'Kan ik je helpen?' vroeg iemand achter me.

Ik draaide met een ruk mijn hoofd om en mijn blik werd helder. Ik wist niet hoelang ik daar had gestaan, maar aan mijn witte knokkels te zien moest het minstens een paar minuten zijn geweest. Vlak achter me stond een oudere vrouw en ze nam me wantrouwig op. Ik wreef mijn handen over elkaar en glimlachte vriendelijk. 'Ik kijk alleen maar,' zei ik.

'Waarnaar precies?' vroeg ze uitdagend, en ik besefte hoe ik op haar moest overkomen – een tiener met een grof gezicht die gespannen naar een lege achtertuin stond te staren en het huis opnam. Ze dacht dat ik een inbreker was die de boel verkende.

'Ik heet Derek Shan,' zei ik, de voornaam van een oom gebruikend. 'Mijn neef en nicht woonden hier.

Misschien wonen ze nog steeds hier. Ik weet het niet. Ik ben in de stad om een paar vrienden te bezoeken, en ik was benieuwd of mijn familie hier nog woonde of niet.'

'Ben je familie van Annie?' vroeg de vrouw, en ik huiverde toen ik haar naam hoorde.

'Ja,' zei ik, terwijl ik veel moeite moest doen om mijn stem kalm te houden. 'En Dermot en Angela.' Mijn ouders. 'Wonen die hier nog?'

'Dermot en Angela zijn drie of vier jaar geleden verhuisd,' zei de vrouw. Ze kwam naast me staan, nu gerustgesteld, en keek met iets samengeknepen ogen naar het huis. 'Ze hadden eerder moeten vertrekken. Dat was geen gelukkig huis meer sinds hun zoon stierf.' De vrouw keek me van opzij aan. 'Weet je ervan?'

'Ik herinner me dat mijn vader er iets over heeft gezegd,' mompelde ik, terwijl mijn oren rood werden.

'Ik woonde hier nog niet,' zei de vrouw. 'Maar ik heb er alles over gehoord. Hij is uit een raam gevallen. De familie bleef, maar daarna was het een ellendige plek. Ik weet niet waarom ze zo lang zijn gebleven. Je kunt niet genieten in een huis vol bittere herinneringen.'

'Maar ze zijn tot drie of vier jaar geleden hier wel blijven wonen?' zei ik. 'En daarna zijn ze verhuisd?'

'Ja. Dermot kreeg een lichte hartaanval. Hij moest met vervroegd pensioen.'

'Hartaanval?' zei ik snakkend naar adem. 'Gaat het goed met hem?'

'Ja.' De vrouw glimlachte tegen me. 'Ik zei toch dat

het een lichte was? Maar ze besloten te verhuizen toen hij met pensioen ging. Ze zijn naar de kust vertrokken. Angela heeft vaak gezegd dat ze graag aan zee wilde wonen.'

'En hoe is het met Annie?' vroeg ik. 'Is ze met hen meegegaan?'

'Nee. Annie is gebleven. Ze woont hier nog steeds – zij en haar zoontje.'

'Zoontje?' Ik knipperde met mijn ogen.

'Haar zoontje.' De vrouw fronste haar voorhoofd. 'Ben je wel echt familie? Je lijkt maar weinig over je familie te weten.'

'Ik heb het grootste deel van mijn leven in het buitenland gewoond,' zei ik naar waarheid.

'O.' De vrouw liet haar stem dalen. 'Om eerlijk te zijn, denk ik niet dat het iets is waarover je in aanwezigheid van de kinderen praat. Hoe oud ben je, Derek?'

'Zestien,' loog ik.

'Dan ben je volgens mij wel oud genoeg. Tussen haakjes, ik heet Bridget.'

'Hallo, Bridget.' Ik dwong mezelf tot een glimlach en wenste in stilte dat ze verder ging met haar verhaal.

'De jongen is een heel leuk kind, maar hij is geen echte Shan.'

'Wat bedoel je?' zei ik fronsend.

'Hij is een buitenechtelijk kind. Annie is nooit getrouwd. Ik weet zelfs niet of iemand anders dan zij weet wie de vader is. Angela beweerde dat zij het wel wist, maar ze heeft ons nooit zijn naam verteld.'

'Ik denk dat een heleboel vrouwen er tegenwoordig de voorkeur aan geven niet te trouwen,' zei ik laatdunkend, omdat de manier waarop Bridget over Annie sprak me niet beviel.

'Dat is waar.' Bridget knikte. 'Er is niets verkeerds aan wel een kind, maar niet de vader te willen. Maar Annie was nog jong. Ze was net zestien toen de baby werd geboren.'

Bridget glom, zoals alle roddelaars die een sappig verhaal vertellen. Ik wilde tegen haar snauwen, maar ik kon beter mijn mond houden.

'Dermot en Angela hebben geholpen het kind op te voeden,' ging Bridget verder. 'In zekere zin was hij een zegen. Hij nam de plaats in van hun overleden zoon. Hij bracht wat vreugde terug in het huis.'

'En nu zorgt Annie in haar eentje voor hem?' vroeg ik.

'Ja. Het eerste jaar kwam Angela vaak terug, in weekends en op feestdagen. Maar nu is de jongen niet zo afhankelijk meer en kan Annie het zelf wel rooien. Het gaat heel goed met ze, denk ik.' Bridget wierp een blik op het huis en snoof. 'Maar het zou geen kwaad kunnen als ze dat krot een likje verf gaven.'

'Ik vind het huis er prima uitzien,' zei ik stijfjes.

'Wat weet een jongen van zestien nou van huizen?' Bridget lachte. Daarna zei ze me gedag en ging weer verder met haar eigen zaken. Ik wilde haar terugroepen en haar vragen wanneer Annie thuis zou zijn. Maar ik besloot het niet te doen. Het was net zo gemakkelijk – en opwindender – om hier op haar te wachten.

Aan de overkant van de straat stond een kleine boom. Ik ging ernaast staan, de capuchon over mijn hoofd, en keek elke paar minuten op mijn horloge alsof ik op iemand stond te wachten. De straat was rustig en er kwamen niet veel mensen voorbij.

Het werd donker en de schemering vouwde zich over de stad uit. De lucht werd killer, maar ik had er geen last van – halfvampiers hebben niet zo veel last van de kou als mensen. Terwijl ik stond te wachten, dacht ik na over wat Bridget had gezegd. Annie, een moeder! Moeilijk te geloven. De laatste keer dat ik haar had gezien, was ze nog maar een kind. Volgens Bridget was het leven van Annie niet gemakkelijk geweest. Om op je zestiende al moeder te zijn, leek me heel moeilijk. Maar het klonk alsof ze nu alles in de hand had.

In de keuken ging een licht aan. Het silhouet van een vrouw bewoog zich van de ene kant naar de andere. Daarna ging de achterdeur open en mijn zus stapte naar buiten. Ze was het onmiskenbaar. Langer, met lang bruin haar, veel dikker dan ze als meisje was geweest. Maar hetzelfde gezicht. Dezelfde sprankelende ogen, en lippen die elk moment omhoog konden krullen in een hartelijke glimlach.

Ik staarde naar Annie alsof ik in trance was. Ik kon mijn ogen niet van haar losmaken. Ik trilde en mijn benen voelden aan alsof ze het elk moment konden begeven, maar ik kon mijn blik niet afwenden.

Annie liep naar een korte waslijn in de achtertuin waaraan wat kinderkleren hingen. Ze blies in haar handen om die te verwarmen, haalde een voor een de kleren van de lijn en hing die over haar linkeronderarm.

Ik deed een stap naar voren en opende mijn mond om haar te roepen, alle gedachten vergetend mezelf niet bekend te maken. Dit was Annie – mijn zus! Ik móést met haar praten, haar weer vasthouden, lachen en huilen met haar, bijpraten, vragen naar pa en ma.

Maar mijn stembanden lieten me in de steek. Ik was verstikt door mijn emoties. Het enige wat ik kon voortbrengen was een mager gepiep. Ik sloot mijn mond, stak de straat over en vertraagde toen ik het hek naderde. Annie had alle kleren van de lijn gehaald en liep terug naar de keuken. Ik slikte zwaar en likte mijn lippen af. Ik knipperde een paar keer snel met mijn ogen om mijn hoofd helder te krijgen. Weer opende ik mijn mond...

... en stopte toen een jongen vanuit het huis schreeuwde: 'Mam! Ik ben thuis!'

'Dat wordt tijd,' gilde Annie als antwoord, en ik hoorde de liefde in haar stem. 'Ik dacht dat ik je gezegd had de was binnen te halen.'

'Sorry. Wacht heel even...' Ik zag de schaduw van de jongen toen hij de keuken binnenkwam en zich naar de achterdeur haastte. Daar verscheen hij, een mollig joch met blond haar en een heel vriendelijk gezicht.

'Zal ik er een paar dragen?' zei de jongen.

'Held van me,' zei Annie lachend en gaf de helft van haar last aan de jongen. Hij ging voor haar naar binnen. Ze draaide zich om om de deur dicht te trekken en ving een glimp van me op. Ze aarzelde. Het was behoorlijk donker. Het licht kwam van achter haar. Ze kon me niet goed zien. Maar als ik er lang genoeg bleef staan... als ik naar haar riep...

Ik deed het niet. In plaats daarvan hoestte ik, trok mijn capuchon stevig rond mijn gezicht, draaide me om en liep weg. Ik hoorde de deur achter me dichtgaan en het klonk als het geluid van een scherp mes dat me lossneed van het verleden.

Annie had haar eigen leven. Een zoon. Een thuis. Waarschijnlijk een baan. Misschien een vriend of een speciaal iemand. Het zou niet eerlijk zijn als ik ineens verscheen en oude wonden openreet, haar deel maakte van mijn duistere, geschifte wereld. Ze genoot van de rust en een gewoon leven – veel beter dan wat ik te bieden had.

Dus ik liet haar achter en sloop snel weg, door de straten van mijn oude stad terug naar mijn echte huis, het Cirque du Freak. En de hele eenzame weg terug huilde ik dikke tranen.

Ik wilde die avond met niemand praten. Ik zat in mijn eentje op een zitplaats hoog in het voetbalstadion terwijl de show werd opgevoerd, en dacht na over Annie en haar kind, over mama en papa, over alles wat ik was kwijtgeraakt en had gemist. Voor het eerst sinds jaren was ik kwaad op meneer Crepsley dat hij me bloed had gegeven. Ik vroeg me af hoe mijn leven zou zijn geweest als hij me met rust had gelaten en ik wenste dat ik terug in de tijd kon gaan om dat te veranderen.

Maar het had geen zin om mezelf te kwellen. Het verleden was een gesloten boek. Ik kon niets doen om het te veranderen en ik wist niet eens of ik het wel zou doen als ik het kon – als ik geen bloed zou hebben gekregen, zou ik de vampiers niet hebben kunnen waarschuwen voor Kurda Smahlt en zou de hele clan misschien zijn gedood.

Als ik tien of twaalf jaar eerder naar huis was teruggekeerd, zouden mijn gevoelens van verlies en woede misschien groter zijn geweest. Maar nu was ik volwassen, in alles behalve mijn uiterlijk. Een Vampiersprins. Ik had geleerd om met intens verdriet om te gaan. Dit was geen gemakkelijke nacht. De tranen vloeiden rijkelijk. Maar tegen de tijd dat ik een paar uur voor het opgaan van de zon in slaap sukkelde, had ik mezelf bij de situatie neergelegd. Ik wist dat er de volgende ochtend geen nieuwe tranen zouden komen.

Ik was stijf van de kou toen ik wakker werd, maar ik bracht daar verandering in door de treden van het stadion af te rennen naar de plek waar het circus zijn tenten had opgeslagen. Toen ik naar de tent liep die ik deelde met Harkat, zag ik meneer Tall. Hij stond bij een open vuur en roosterde een paar worstjes aan een spit. Hij gebaarde me naderbij te komen en gooide een paar worstjes naar me toe, spietste vervolgens een nieuwe voorraad aan de pen en legde die boven de vlammen.

'Bedankt,' zei ik, terwijl ik gretig de gloeiend hete worstjes weg kauwde.

'Ik wist dat je honger zou hebben,' antwoordde hij. Hij keek me onbeweeglijk aan. 'Je bent je zus gaan opzoeken.'

'Ja.' Het verraste me niet dat hij het wist. Meneer Tall was een oude uil vol inzicht.

'Heeft ze je gezien?' vroeg meneer Tall.

'Ze zag me heel even, maar ik was weg voordat ze me goed heeft kunnen zien.'

'Daar heb je goed aan gedaan.' Hij draaide de worstjes om en sprak zacht. 'Je staat op het punt me te vragen of ik wil helpen je zus te beschermen. Je vreest voor haar veiligheid.'

'Volgens Harkat gaat er iets gebeuren,' zei ik. 'Hij weet niet wat, maar als Steve Leopard er deel van uitmaakt, zal hij misschien Annie gebruiken om mij te kwetsen.'

'Dat doet hij niet,' zei meneer Tall. Ik was verrast door zijn uitgesprokenheid – gewoonlijk was hij heel behoedzaam als iets te maken had met wat zou kunnen gebeuren in de toekomst. 'Zolang jij niet in haar leven opduikt, zal je zus niet direct worden bedreigd.'

'En indirect?' vroeg ik omzichtig.

Meneer Tall grinnikte. 'We hebben allemaal op de een of andere manier met indirecte bedreigingen te maken. Harkat heeft gelijk – deze plek en tijd zijn door het lot bepaald. Meer kan ik er niet over zeggen, behalve dat je je zus met rust moet laten. Op die manier loopt ze geen gevaar.'

'Goed,' verzuchtte ik. Ik was er niet gelukkig mee dat Annie zichzelf moest zien te redden, maar ik vertrouwde Hibernius Tall.

'Je moet nu nog wat gaan slapen,' zei meneer Tall. 'Je bent moe.'

Dat leek me een goed plan. Ik verorberde nog een worstje, draaide me om en wilde vertrekken, maar bleef plotseling staan. 'Hibernius,' zei ik zonder hem aan te kijken, 'ík weet dat je me niet kunt vertellen wat er gaat gebeuren, maar voor we hier kwamen, zei je dat ik niet mee hoefde te gaan. Het zou beter zijn geweest als ik weg was gebleven, hè?'

Er volgde een lange stilte. Ik dacht dat hij geen antwoord zou geven. Maar toen zie hij zacht: 'Ja.'

'En als ik nu eens vertrok?'

'Het is te laat,' zei meneer Tall. 'Jouw beslissing om terug te keren zette een hele trein van gebeurtenis-

sen in beweging. Die trein kan niet meer tegengehouden worden. Als je nu vertrok, zou het alleen maar
de krachten voeden waartegen je vecht.'

'Maar als ik nu...' zei ik, terwijl ik me omdraaide om
verder op het onderwerp door te gaan. Maar meneer
Tall was verdwenen met achterlating van alleen de
flakkerende vlammen en een pen vol worstjes die in
het gras naast het vuur lag.

Die avond, nadat ik had gerust en een stevige maal-
tijd had genuttigd, vertelde ik Harkat over mijn wan-
deling naar mijn huis. Ik vertelde hem ook over mijn
korte gesprek met meneer Tall en dat hij er bij mij op
had aangedrongen geen contact met Annie op te nemen.

'Dan had je gelijk,' bromde Harkat. 'Ik dacht dat je
juist wel... contact moest opnemen met je familie,
maar het lijkt erop dat ik het verkeerd had.'

We voerden resten vlees aan de Wolfman, een van onze dagelijkse taken. We stonden op een veilige afstand van zijn kooi, omdat we de kracht van zijn af-
schrikwekkende kaken maar al te goed kenden.

'En je neefje?' vroeg Harkat. 'Enige familiegelijke-
nis?'

Ik bleef onbeweeglijk staan, een groot stuk vlees in
mijn rechterhand. 'Dat is vreemd, maar tot nu heb ik
hem niet als zodanig gezien. Ik zag hem alleen als de
zoon van Annie. Ik was vergeten dat hij daardoor ook
mijn neefje is.' Ik trok een scheve grijns. 'Ik ben oom.'

'Gefeliciteerd,' zei Harkat met een stalen gezicht.
'Leek hij op jou?'

'Niet echt,' zei ik. Ik dacht aan de lach van het blonde, mollige jongetje en dat hij Annie had geholpen de was naar binnen te brengen. 'Een lief joch, voor zover ik heb kunnen zien. Knap, natuurlijk, zoals alle Shans.'

'Natuurlijk!' snoof Harkat.

Het speet me dat ik niet meer aandacht aan het zoontje van Annie had besteed. Ik wist niet eens hoe hij heette. Ik dacht erover terug te gaan en naar hem te vragen – ik zou daar rond kunnen hangen en Bridget, de roddelaarster, weer kunnen strikken – maar zette het idee meteen van me af. Dat was precies de handeling die verkeerd kon uitpakken en waardoor Annie me zou opmerken. Ik kon het maar beter vergeten.

Terwijl we onze taak afmaakten, zag ik een jonge jongen naar ons kijken van achter een busje vlakbij. Hij nam ons stilletjes op en zorgde ervoor geen aandacht te trekken. Als alles normaal was geweest, zou ik hem genegeerd hebben – kinderen kwamen vaak rondneuzen op het circusterrein. Maar mijn gedachten waren bij mijn neefje, en ik merkte dat ik geïnteresseerder was in de jongen dan ik anders zou zijn geweest.

'Hallo!' schreeuwde ik, terwijl ik naar hem zwaaide. Het hoofd van de jongen verdween onmiddellijk achter de bus. Ik wilde het daarbij laten, maar een paar ogenblikken later verscheen de jongen weer en kwam naar ons toe gelopen. Hij zag er best wel zenuwachtig uit – begrijpelijk, aangezien we in de aanwezigheid waren van de grauwende Wolfman – maar hij deed zijn uiterste best om ons dat niet te laten merken.

De jongen bleef op een paar meter afstand staan en knikte kort. 'Hallo,' mompelde hij. Hij was schriel. Hij had donkerblond haar en lichtblauwe ogen. Ik schatte zijn leeftijd op ongeveer tien of elf, misschien iets ouder dan het zoontje van Annie, hoewel het leeftijdverschil niet heel erg groot kon zijn geweest. Wat mij betrof, konden ze ook bij elkaar in de klas zitten! De jongen zei niets meer na zijn begroeting. Ik dacht aan mijn neefje en vergeleek deze jongen met hem, dus ik zei ook niets. Harkat verbrak ten slotte de stilte. 'Hoi,' zei hij, terwijl hij het masker liet zakken dat hij droeg om de lucht te filteren die giftig voor hem was. 'Ik ben Harkat.'

'Darius,' zei de jongen met een knikje naar Harkat, echter zonder zijn hand uit te steken.

'En ik ben Darren,' zei ik glimlachend.

'Jullie horen bij de freakshow,' zei Darius. 'Ik zag jullie gisteren.'

'Ben je hier eerder geweest?' vroeg Harkat.

'Een paar keer. Ik heb nog nooit een freakshow gezien. Ik heb geprobeerd een kaartje te krijgen, maar niemand wil me er een verkopen. Ik vroeg het die lange man – hij is de eigenaar, hè? – maar die zei dat het niet geschikt was voor kinderen.'

'Het is een beetje angstaanjagend allemaal,' zei ik.

'Daarom wil ik het zien,' bromde hij.

Ik dacht terug aan hoe ik was geweest op zijn leeftijd en lachte. 'Ik zal je wat zeggen,' zei ik. 'Waarom loop je niet met ons mee? We kunnen je een paar van de artiesten laten zien en je over de voorstelling vertellen. Als je dan nog een kaartje wilt, kunnen we er misschien een voor je regelen.'

Darius keek me wantrouwig aan, keek daarna naar Harkat. 'Hoe weet ik dat ik jullie kan vertrouwen?' vroeg hij. 'Misschien zijn jullie wel een stel ontvoerders.'

'O, je hebt mijn woord dat we je niet... zullen ontvoeren,' zei Harkat poeslief, terwijl hij Darius op zijn breedste glimlach trakteerde zodat zijn grijze tong en scherpe, gepunte tanden te zien waren. 'Misschien voeren we je aan de Wolfman... maar we zullen je niet ontvoeren.'

Darius geeuwde om aan te geven dat hij niet onder de indruk was van het theatrale dreigement en zei toen: 'Wat maakt het uit, ik heb toch niets anders te doen.' Daarna tikte hij met zijn voet en trok ongeduldig een wenkbrauw op. 'Kom op,' zei hij bits. 'Ik ben klaar.'

'Ja, meester,' zei ik lachend en gaf de onschuldig uitziende jongen een rondleiding door het circus.

We liepen met Darius over het circusterrein en stelden hem voor aan Rhamus Tweebuik, Cormac Limbs, Handen Hans en Truska. Cormac was bezig en had geen tijd om de jongen te laten zien dat hij zijn ledematen weer kon laten aangroeien, maar Truska liet voor hem een korte baard groeien en trok daarna de haren weer terug in haar gezicht. Darius deed alsof hij niet onder de indruk was, maar ik zag de verbazing in zijn ogen.

Darius was vreemd. Hij zei niet veel en bleef op afstand, altijd een paar meter van Harkat en mij vandaan, alsof hij ons nog steeds niet geloofde. Hij stelde een heleboel vragen over de artiesten en over het Cirque du Freak, wat normaal was. Maar hij vroeg niets aan mij, waar ik vandaan kwam, hoe ik bij het circus terecht was gekomen of wat mijn taken waren. Hij vroeg ook niets over Harkat. De aan elkaar genaaide Kleine Mens met de grijze huid was heel anders dan de meeste mensen ooit hadden gezien. Het was heel gewoon dat nieuwkomers hem honderduit vroegen. Maar Darius leek niet geïnteresseerd in Harkat, alsof hij alles al over hem wist.

Hij keek me ook op een heel vreemde manier aan. Ik

betrapte hem toen hij naar mij zat te kijken en dacht dat mijn aandacht ergens anders was. Het was geen bedreigende blik. Er was alleen iets in de glinstering van zijn ogen die mij op de een of andere manier verontrustte.

Harkat en ik hadden geen honger, maar toen we langs een van de open kampvuren kwamen en een pot borrelende soep zagen, hoorde ik Darius' maag rommelen. 'Wil je wat eten?' vroeg ik.

'Ik eet straks thuis,' zei hij.

'Wat dacht je van een snel hapje, om de boel draaiende te houden?'

Hij aarzelde, likte vervolgens zijn lippen af en knikte snel. 'Een klein beetje soep,' zei hij bits, alsof we van plan waren hem onder dwang te laten eten.

Terwijl Darius de soep naar binnen werkte, vroeg Harkat of hij in de buurt woonde.

'Niet ver hiervandaan,' antwoordde hij vaag.

'Hoe wist je dat... van de show?'

Darius keek niet op. 'Een vriend van me, Oggie Bas, is hier geweest. Hij wilde een paar stoelen halen. We komen hier vaker als we stoelen willen hebben of leuningen. Je komt hier gemakkelijk binnen en het kan niemand wat schelen wat je meeneemt. Hij zag de circustent en vertelde het me. Ik dacht dat het een gewoon circus was tot ik gisteren kwam kijken.'

'Wat is Oggie Bas voor soort naam?' vroeg ik.

'Oggie is een afkorting van Augustine,' legde Darius uit.

'Heb je Oggie verteld wat het Cirque du... Freak eigenlijk was?' vroeg Harkat.

'Nee,' zei Darius. 'Hij kletst te veel. Hij zou het aan iedereen vertellen en dan zouden ze allemaal komen. Ik vind het leuk om de enige van mijn vrienden te zijn die het weet.'

'Dus jij bent een jongen die een geheim kan bewaren,' zei ik grinnikend. 'Natuurlijk is het nadeel daarvan dat als we je wel kidnappen of aan de Wolfman voeren niemand zal weten waar die jou moest zoeken.'

Ik maakte een grapje, maar Darius reageerde scherp. Hij schoot bijna overeind en liet zijn nog halfvolle kom soep vallen. Instinctief deed ik een greep naar de kom, en met mijn vampierssnelheid kreeg ik die te pakken voordat hij de grond raakte. Maar Darius dacht dat ik hem wilde grijpen. Hij liet zich achterover vallen en schreeuwde: 'Laat me met rust!'

Ik deed verrast een stap achteruit. De andere mensen rond het vuur keken ons met open mond aan. Harkats groene ogen waren op Darius gericht en er viel meer dan alleen maar verrassing in te lezen – hij keek ook behoedzaam.

'Rustig aan,' zei ik half lachend, terwijl ik de kom liet zakken. Daarna bracht ik mijn handen omhoog in een gebaar van vriendschap. 'Ik zal je niets doen.'

Darius ging rechtop zitten. Hij bloosde van kwaadheid. 'Ik heb niets,' mompelde hij terwijl hij overeind krabbelde.

'Wat is er aan de hand, Darius?' vroeg Harkat kalm. 'Waarom ben je zo gespannen?'

'Ik heb niets,' zei Darius weer, terwijl hij woedend naar Harkat keek. 'Ik hou gewoon niet van mensen die dat soort dingen zeggen. Het is niet grappig als wezens als jullie dat soort dreigementen uiten.'

'Ik bedoelde er niets mee,' zei ik, beschaamd dat ik de jongen had laten schrikken. 'Wat dacht je van een kaartje voor de voorstelling van vanavond, om het goed te maken dat ik je zo heb laten schrikken?'

'Ik ben niet geschrokken,' gromde Darius.

'Natuurlijk niet,' zei ik glimlachend. 'Maar wil je dan toch een kaartje?'

Darius trok een gezicht. 'Hoe duur zijn ze?'

'Gratis,' zei ik. 'Met de complimenten van het huis.'

'Goed dan.' Dat was zo ongeveer het dichtst in de buurt van dank je wel wat Darius wist op te brengen.

'Wil je er ook een voor Oggie?' vroeg ik.

'Nee,' zei Darius. 'Die gaat niet. Hij is een angsthaas. Hij kijkt ook niet naar griezelfilms, zelfs niet naar die oude, saaie films.'

'Dat klinkt redelijk,' zei ik. 'Wacht hier. Ik ben zo terug.'

Ik spoorde meneer Tall op. Toen ik hem vertelde wat ik wilde, fronste hij zijn voorhoofd en zei dat alle kaarten van de voorstelling van die avond al verkocht waren.

'Maar natuurlijk kun je wel ergens een extra kaartje vinden,' zei ik lachend.

Er was altijd heel veel ruimte in de gangpaden en het was gewoonlijk geen probleem om een paar extra stoelen neer te zetten.

'Is het wel verstandig om een kind voor de show uit te nodigen?' vroeg meneer Tall. 'Kinderen maken hier meestal iets ongunstigs mee. Jij, Steve Leonard, Sam Grest.'

Sam was een jongen die een fatale confrontatie met de Wolfman had gehad. Hij was de eerste van wie ik bloed had gedronken. Een deel van zijn geest – om maar te zwijgen van zijn voorliefde voor zure uitjes – leefde nog in mij voort.

'Waarom noem je Sam?' vroeg ik verward. Ik kon me de laatste keer niet meer herinneren dat meneer Tall mijn lang geleden gestorven vriend had genoemd.

'Zomaar,' zei meneer Tall. 'Ik vind dit gewoon een gevaarlijke plek voor kinderen.' Daarna plukte hij een kaartje uit de lucht en gaf dat aan mij. 'Geef het aan de jongen als je dat wilt,' bromde hij, alsof ik hem om een kwalijke gunst had gevraagd.

Ik liep langzaam terug naar Darius en Harkat en vroeg me af waarom meneer Tall zich zo vreemd had gedragen. Had hij geprobeerd me te waarschuwen Darius niet te betrekken bij het Cirque du Freak? Was Darius net als Sam Grest iemand die graag van huis weg wilde en rond wilde trekken met een troep magische artiesten? Bereidde ik hem voor, door hem voor de voorstelling uit te nodigen, op een einde als dat van Sam?

Ik trof Darius waar ik hem had achtergelaten. Hij zag er niet uit alsof hij ook maar één spier had bewogen. Harkat stond aan de andere kant van het vuur en hield een groen oogje op de jongen. Ik aarzelde voordat ik Darius zijn kaartje gaf. 'Wat vind je van het Cirque du Freak?' vroeg ik.

'Gaat wel.' Hij haalde zijn schouders op.

'Wat dacht je ervan om je aan te sluiten?'

'Wat bedoel je?' vroeg hij.

'Als er een gaatje was en je had de kans om van huis weg te lopen, zou je...'

'Vergeet het maar!' snauwde hij voordat ik uitgesproken was.

'Ben je gelukkig thuis?'

'Ja.'

'Je wilt niet de wereld zien?'

'Niet met jullie.'

Ik glimlachte en gaf hem het kaartje. 'Dat is goed. De voorstelling begint om tien uur. Kun je komen?'

'Natuurlijk,' zei Darius, terwijl hij het kaartje in zijn zak stak zonder ernaar te kijken.

'En je ouders?' vroeg ik.

'Ik ga vroeg naar bed en glip later naar buiten,' zei hij en giechelde sluw.

'Als je gepakt wordt, vertel hun dan niet over ons,' waarschuwde ik hem.

'Als!' snoof hij. Hij zwaaide kort en vertrok. Hij keek me nog een laatste keer aan voordat hij uit het gezicht verdween, en weer was er iets vreemds aan die blik van hem.

Harkat kwam om het vuur heen lopen en staarde de jongen na.

'Een vreemde jongen,' gaf ik als commentaar.

'Niet alleen maar vreemd,' mompelde Harkat.

'Wat is er aan de hand?' vroeg ik.

'Ik mag hem niet,' zei Harkat.

'Hij was een beetje dwars,' gaf ik toe, 'maar veel jongens van die leeftijd zijn dat. Ik was net zo toen ik bij het Cirque du Freak kwam.'

'Ik weet het niet.' Harkats ogen stonden vol twijfel.

'Dat verhaal over zijn vriend... Oggie, geloofde ik niet. Als dat zo'n angsthaas is... waarom is hij dan in zijn eentje komen kijken?'

'Je wordt nog wantrouwig op je oude dag,' zei ik lachend.

Harkat schudde langzaam zijn hoofd. 'Jij merkte het niet.'

'Wat?' zei ik fronsend.

'Toen hij ons ervan beschuldigde dat we hem bedreigden, zei hij... "wezens als jullie".'

'Nou?'

Harkat glimlachte dunnetjes. 'Ik ben duidelijk geen mens. Maar hoe weet hij... dat jij dat ook niet bent?'

Plotseling ging er een koude rilling door me heen. Harkat had gelijk – de jongen wist meer van ons dan we dachten. En ik besefte nu waardoor die blik van Darius me zo had verontrust. Als hij dacht dat ik niet keek, waren zijn ogen naar de littekens op mijn vingertoppen gegaan, de standaardtekens van een vampier, alsof hij wist wat die betekenden.

Harkat en ik wisten niet wat we van Darius moesten vinden. Het leek niet waarschijnlijk dat de vampanezen kinderen rekruteerden. Maar we mochten de geschifte gedachtegang van hun leider, Steve Leopard, niet uit het oog verliezen. Dit zou weleens een van zijn duivelse, hatelijke spelletjes kunnen zijn. We besloten de jongen als hij naar de voorstelling kwam apart te nemen om de informatie uit hem los te peuteren. We zouden hem niet martelen of zoiets drastisch – alleen maar proberen hem zo bang te maken dat hij ons een paar antwoorden gaf.

We zouden de artiesten helpen met de voorbereidingen voor het optreden, maar we vertelden meneer Tall dat we andere dingen te doen hadden en hij wees onze taken toe aan andere leden van de troep. Als hij wist van onze plannen met Darius, liet hij dat niet merken.

De grote tent had twee ingangen. Kort voordat het publiek naar binnen zou gaan, namen Harkat en ik onze positie in bij een van de entrees om uit te kijken naar Darius. Ik maakte me nog steeds zorgen dat ik herkend zou worden door iemand die me vroeger had gekend, dus ik stelde me op in het donker naast de ingang, gekleed in een van de blauwe gewaden van Harkat, de kap omhooggetrokken om mijn gezicht te verbergen. Ik keek zwijgend toe terwijl de vroege gasten arriveerden en hun kaartjes aan Jekkus Flang gaven. Meneer Tall stond bij de andere ingang. Bij elke derde of vierde toeschouwer gooide Jekkus hun kaartje in de lucht, wierp er een mes achteraan en spietste ze in het midden tegen een paal.

Toen de weinige toeschouwers zich vermeerderden tot een gestage stroom en Jekkus steeds meer kaartjes tegen de paal spietste, vormden de kaartjes en de messen de omtrek van een gehangene. Mensen giechelden nerveus toen ze beseften wat Jekkus aan het doen was. Een paar bleven staan om commentaar te geven op zijn vaardigheid als messenwerper, maar de meesten haastten zich langs hem heen naar hun plaatsen. Sommigen keken om naar de figuur van de gehangen man en vroegen zich misschien af of dit een voorteken was van de dingen die zouden komen.

Ik negeerde de gehangene – ik had Jekkus deze truc wel vaker zien doen – en concentreerde me op de gezichten in het publiek. Het was moeilijk om iedereen goed te zien die in de drukte voorbijkwam, vooral kleine mensen. Zelfs als Darius aan deze kant naar binnen ging, bestond er geen enkele garantie dat ik hem zou zien.

Aan het einde van de rij, toen de laatste mensen uit het publiek naar binnen liepen, liet Jekkus een zucht van verbazing horen en verliet zijn post. 'Tom Jones!' schreeuwde hij, terwijl hij naar voren sprong. 'Wat een eer!'

Het was de beroemde doelman van de stad, Tom Jones – mijn oude schoolvriend!

Tommy lachte ongemakkelijk en schudde Jekkus de hand. 'Hoi,' kuchte hij, terwijl hij rondkeek of nog iemand hem had gezien.

Afgezien van die paar mensen dichtbij, had niemand hem opgemerkt. Alle ogen waren gericht op het toneel en iedereen wachtte op het begin van de voorstelling.

'Ik heb je zien spelen,' zei Jekkus enthousiast. 'Ik zie niet zoveel wedstrijden – de vloek van het reizen – maar een paar heb ik wel gezien. Je bent fantastisch. Denk je dat we morgen winnen? Ik wilde een kaartje kopen, maar ze waren uitverkocht.'

'Het is een belangrijke wedstrijd,' zei Tommy. 'Ik zou kunnen proberen een kaartje voor je te versieren, maar volgens mij...'

'Dat geeft niet,' onderbrak Jekkus hem. 'Ik probeer je geen gratis kaartjes afhandig te maken. Ik wilde je alleen maar veel geluk wensen. Goed, over kaartjes gesproken, mag ik dat van jou zien?'

Tommy gaf zijn kaartje aan Jekkus die hem vroeg of Tommy er zijn handtekening voor hem op wilde zetten. Tommy deed het en Jekkus stak het kaartje stralend weg. Hij bood aan voor Tommy een plaats op de voorste rijen te zoeken, maar Tommy zei dat hij het prima vond om achterin te zitten. 'Ik denk niet dat het goed voor mijn imago zal zijn als bekend wordt dat ik dit soort voorstellingen bezoek,' zei hij lachend.

Toen Tommy naar een van de overgebleven vrije plaatsen liep, slaakte ik een zucht van opluchting – hij had me niet gezien. Het geluk van de vampiers was met me. Ik wachtte nog een paar minuten tot de laatste achterblijvers binnen waren en sloop vervolgens weg toen Jekkus de ingang afsloot. Ik voegde me bij Harkat.

'Heb je hem gezien?' vroeg ik.

'Nee,' zei Harkat. 'Jij?'

'Nee. Maar ik zag een oude vriend.' Ik vertelde hem over Tom Jones.

'Zou het een val kunnen zijn?' vroeg Harkat.

'Dat betwijfel ik,' zei ik. 'Tommy wilde het Cirque de Freak zien zolang het nog in de stad was. Hij is hier voor de wedstrijd morgen. Hij moet over de show hebben gehoord en een kaartje hebben gekocht – niet zo moeilijk als je beroemd bent.'

'Maar is het niet een beetje te toevallig dat... hij hier op ditzelfde tijdstip is als wij?' hield Harkat vol.

'Hij is hier omdat zijn ploeg in de halve finale zit,' herinnerde ik Harkat. 'Steve kan dit niet bedacht hebben – zelfs de Heer der Vampanezen heeft zijn beperkingen.'

'Je hebt gelijk,' zei Harkat lachend. 'Ik word echt paranoïde.'

'Laten we Tommy vergeten,' zei ik. 'Hoe staat het met Darius? Zou hij naar binnen kunnen zijn gelopen zonder dat we hem hebben gezien?'

'Ja,' zei Harkat. 'Het was onmogelijk om iedereen die naar binnen ging... goed op te nemen. Het is heel makkelijk voor een kind om langs ons... heen te komen zonder dat we hem zien.'

'Dan zullen we naar binnen moeten gaan om hem te zoeken,' zei ik.

'Rustig maar.' Harkat hield me tegen. 'Hoewel de aanwezigheid van je vriend Tommy hoogstwaarschijnlijk... niet iets is om ons zorgen over te maken, moeten we het noodlot niet tarten. Als jij naar binnen gaat, kan je capuchon van je hoofd glijden. Laat mij het doen.'

Terwijl ik buiten wachtte, ging Harkat de tent binnen, liep door de gangpaden en controleerde de gezichten van iedereen in het publiek terwijl de voorstelling aan de gang was. Het duurde langer dan een halfuur voor hij weer naar buiten kwam.

'Ik heb hem niet gezien,' zei Harkat.

'Misschien is het hem niet gelukt het huis uit te glippen,' zei ik.

'Of misschien heeft hij het gevoeld dat we... hem wantrouwden,' zei Harkat. Hoe dan ook, zolang we hier nu zijn... kunnen we alleen nog maar goed opletten. Misschien komt hij hier overdag... weer rondsnuffelen.'

Hoewel het een anticlimax was, was ik blij dat Darius niet was komen opdagen. Ik had er niet naar uitgekeken de jongen te bedreigen. Dit was beter voor iedereen die erbij betrokken was. En hoe meer ik erover nadacht, hoe belachelijker onze reactie leek. Darius had beslist meer over ons geweten dan een kind hoorde te doen, maar misschien had hij alleen maar de juiste boeken gelezen of was hij via internet iets over ons aan de weet gekomen. Niet veel mensen kennen de echte tekens van een vampier, of weten van het bestaan van Kleine Mensen, maar de waarheid – zoals ze vroeger zeiden in dat beroemde tv-programma – ligt voor het grijpen! Er bestonden allerlei manieren voor een goed geïnformeerd kind om de feiten over ons aan de weet te komen.

Harkat was niet zo ontspannen als ik, en hij stond erop dat we tot het einde van de voorstelling bij de ingangen zouden blijven voor het geval Darius pas later verscheen. Het kon geen kwaad om voorzichtig te zijn, dus bleef ik de wacht houden gedurende de rest van de show, luisterde naar het gezucht, het gegil en het applaus van de mensen in de tent. Een paar minuten voor het einde glipte ik weg en ging Harkat halen. We verscholen ons in een busje toen de menigte naar buiten stroomde en kwamen pas te voorschijn toen de laatste opgewonden toeschouwer het stadion had verlaten.

We verzamelden ons met de meeste spelers en technici in een tent achter de grote tent voor de nazit. We hadden niet na elke voorstelling een feestje, maar we vonden het leuk om zo nu en dan zoiets te doen. Het leven onderweg was zwaar, we reden lange afstanden, werkten als pakezels, hielden ons gedeisd om niet te veel aandacht te trekken. Het was goed om je om de zoveel tijd een beetje te ontspannen.

In de tent waren een paar gasten: politiemensen, raadsleden, rijke zakenlieden. Meneer Tall wist de juiste mensen wat geld toe te stoppen om het leven voor ons iets gemakkelijker te maken.

Onze bezoekers waren vooral geïnteresseerd in Harkat. De gewone mensen uit het publiek hadden de Kleine Mens met de grijze huid niet gezien. Dit was een kans iets bijzonders mee te maken waarover ze konden pochen tegen hun vrienden. Harkat wist wat er van hem verwacht werd en liet zich door de mensen bestuderen, vertelde hun iets over zijn verleden en gaf beleefd antwoord op hun vragen.

Ik zat in een rustig hoekje van de tent een broodje te eten en spoelde dat weg met water. Ik wilde net vertrekken toen Jekkus Flang zich door een plukje mensen heen werkte en me voorstelde aan de gast die hij zojuist de tent had binnengebracht. 'Darren, dit is de beste doelman van de wereld, Tom Jones. Tom, dit is mijn goede vriend en collega, Darren Shan.'

Ik kreunde en sloot mijn ogen. Daar ging mijn vampiersgeluk. Ik hoorde Tommy slikken toen hij me herkende. Ik opende mijn ogen, dwong mezelf tot een glimlach en schudde Tommy de hand – zijn ogen puilden uit zijn hoofd – en zei: 'Hallo, Tommy. Dat is lang geleden. Zal ik iets te drinken voor je halen?'

Tommy was stomverbaasd me levend te zien, terwijl ik achttien jaar daarvoor begraven was. Daarbij kwam dat ik er maar een paar jaar ouder uitzag. Het was voor hem bijna te veel om te bevatten. Een tijdje luisterde hij naar wat ik zei, knikte zwakjes en registreerde niets. Maar uiteindelijk werd zijn hoofd weer helder en concentreerde hij zich op wat ik zei.

Ik vertelde hem een onwaarschijnlijk, maar geloofwaardig verhaal. Ik vond het heel vervelend om tegen mijn oude vriend te liegen, maar de waarheid was vreemder dan dit verzonnen verhaal – het was de eenvoudigste en veiligste manier. Ik zei hem dat ik een zeldzame ziekte had waardoor ik niet op de normale manier ouder werd. Het was ontdekt toen ik nog een kind was. De artsen gaven me nog vijf of zes jaar. Mijn ouders waren ten einde raad toen ze het hoorden, maar aangezien we er niets tegen konden doen, vertelden we het aan niemand en probeerden we zo lang mogelijk een normaal leven te leiden.

Toen kwam het Cirque du Freak naar de stad.

'Ik ontmoette een buitengewone arts,' loog ik. 'Hij reisde met het circus mee en deed een studie over freaks. Hij zei dat hij me kon helpen, maar dan moest ik van thuis weg en meereizen met het circus, want ik moest voortdurend in de gaten gehouden worden. Ik heb het met mijn ouders besproken en we besloten mijn dood in scène te zetten, zodat ik kon vertrekken zonder achterdocht te wekken.'

'Maar waarom, in 's hemelsnaam?' explodeerde Tommy. 'Je ouders hadden met je mee kunnen gaan. Waarom moest je iedereen zoveel pijn doen?'

'Hoe hadden we het uit moeten leggen?' zei ik met een zucht. 'Het Cirque du Freak is een illegaal reizend gezelschap. Mijn ouders hadden alles op moeten geven en anoniem moeten worden om bij mij te zijn. Het zou niet eerlijk zijn geweest tegenover hen, en het zou vreselijk oneerlijk zijn geweest tegenover Annie.'

'Maar er moet een andere manier zijn geweest,' protesteerde Tommy.

'Misschien,' zei ik, 'maar we hadden niet veel tijd om erover na te denken. Het Cirque du Freak was maar voor een paar dagen in de stad. We bespraken het voorstel van de arts en stemden toe. Ik denk dat het feit dat ik na al die jaren nog leef, ondanks de slechte voorspellingen van de artsen, die beslissing rechtvaardigt.'

Tommy schudde onzeker zijn hoofd. Hij was als volwassen man heel groot; hij was lang en breed, had enorme handen en opbollende spieren. Zijn zwarte haar trok al weg bij zijn voorhoofd – hij zou over nog een paar jaar helemaal kaal zijn. Maar ondanks zijn indrukwekkende lichaam had hij zachte ogen. Hij was een lieve man. Het idee dat een kind zijn dood in scène moest zetten en levend moest worden begraven, vond hij weerzinwekkend.

'Gedane zaken nemen geen keer,' zei ik. 'Misschien hadden mijn ouders naar een andere oplossing moeten zoeken. Maar ze hadden het allerbeste met me voor. Er kwam weer hoop en ze grepen die kans, ondanks de vreselijk prijs die ervoor betaald moest worden.'

'Wist Annie het?' vroeg Tommy.

'Nee. We hebben het haar nooit verteld.' Ik gokte erop dat Tommy op geen enkele manier direct contact kon opnemen met mijn ouders om mijn verhaal te controleren, maar hij had naar Annie toe kunnen gaan. Ik moest hem op het verkeerde spoor zetten.

'En later ook niet?' vroeg Tommy.

Ik heb het er met pa en ma over gehad – we houden contact en zien elkaar om de zoveel jaar – maar hebben nooit het gevoel gehad dat de tijd rijp was. Annie had haar eigen problemen door het kind dat ze zo jong kreeg.'

'Dát was moeilijk,' beaamde Tommy. 'Ik woonde nog hier. Ik kende haar niet zo goed, maar ik heb er alles over gehoord.'

'Dat moet zijn geweest net voordat je voetbalcarrière van start ging,' zei ik, en ik bracht het gesprek op een ander onderwerp. We spraken daarna over zijn carrière, over een paar grote wedstrijden die hij had gespeeld en wat hij ging doen als hij ermee ophield. Hij was niet getrouwd, maar hij had twee kinderen uit een eerdere relatie toen hij in het buitenland woonde.

'Ik zie ze maar een paar keer per jaar en alleen in de

zomer,' zei hij triest. 'Ik hoop als ik stop met voetbal-
len die kant op te verhuizen om dichter bij ze te zijn.'
Op dit moment waren de meeste artiesten, technici
en gasten al vertrokken. Harkat had me zien praten
met Tommy en had met gebaren gevraagd of ik wilde
dat hij in de buurt bleef. Ik had terug geseind dat het
goed met me ging en hij was vertrokken met de anderen. Er waren nog een paar mensen in de tent die
zachtjes met elkaar zaten te praten, maar er was niemand bij Tommy en mij in de buurt.

Het gesprek voerde naar het verleden en naar onze
oude vrienden. Tommy vertelde me dat Alan Morris
wetenschapper was geworden. 'Nogal beroemd ook,'
zei hij. 'Hij is geneticus – heel druk bezig met klo-
nen. Een betwistbaar gebied, maar hij is ervan overtuigd dat dat de toekomst is.'

'Zolang hij zichzelf maar niet kloont,' zei ik lachend.
'Eén Alan Morris is wel genoeg.'

Tommy lachte ook. Alan was een goede vriend van
ons geweest, maar soms kon hij wel behoorlijk vervelend zijn.

'Ik heb geen idee wat Steve doet,' zei Tommy, en het
lachen bestierf me op de lippen. 'Hij liep op zijn zestiende van huis weg. Ging ervandoor zonder iemand
iets te zeggen. Ik heb een paar keer met hem aan de
telefoon gesproken, maar ik heb hem sinds die tijd
maar één keer gezien, ongeveer tien jaar geleden. Hij
kwam voor een paar maanden terug naar huis toen
zijn moeder was overleden.'

'Ik wist niet dat ze dood was,' zei ik. 'Wat naar. Ik
mocht Steves moeder heel graag.'

'Hij heeft het huis en al haar bezittingen verkocht. Hij deelde een tijdje een flat met Alan. Dat was voor...' Tommy zweeg en keek me vreemd aan. 'Heb jij Steve nog gezien sinds je weg bent gegaan?'

'Nee,' loog ik.

'Weet je niets van hem?'

'Nee,' loog ik weer.

'Helemaal niets?' hield Tommy aan.

Ik begon te grinniken. 'Waarom maak je je zo'n zorgen om Steve?'

Tommy haalde zijn schouders op. 'De laatste keer dat hij hier was, kwam hij min of meer in de problemen. Ik dacht dat je er misschien wel over had gehoord van je ouders.'

'We praten niet over het verleden,' zei ik, voortborduurend op de leugen die ik opgedist had. Ik boog me nieuwsgierig naar voren. 'Wat heeft Steve gedaan?' vroeg ik, terwijl ik me afvroeg of het iets te maken had met zijn activiteiten als vampanees.

'O, ik weet het niet meer zo goed,' zei Tommy, terwijl hij ongemakkelijk ging verzitten – hij loog. 'Het is lang geleden gebeurd. We kunnen het er maar beter niet over hebben. Je weet hoe Steve was, altijd zat hij wel ergens in de problemen.'

'Dat zeker,' mompelde ik. Toen kneep ik mijn ogen iets samen. 'Je zei dat je met hem over de telefoon had gesproken?'

'Ja. Hij belt om de zoveel tijd, vraagt wat ik aan het doen ben, zegt niets over waar hij mee bezig is, en hangt dan op.'

'Wanneer was de laatste keer dat hij belde?'

Tommy dacht erover na. 'Twee, misschien drie jaar geleden. Lange tijd.'

'Heb jij een telefoonnummer van hem?'

'Nee.'

Jammer. Ik had even gedacht dat Tommy misschien mijn weg terug naar Steve was, maar dat leek niet zo te zijn.

'Hoe laat is het?' vroeg Tommy. Hij keek op zijn horloge en kreunde. 'Als mijn coach erachterkomt tot hoe laat ik uit ben geweest, ontslaat hij me. Sorry, Darren, maar ik moet echt weg.'

'Dat is prima,' zei ik glimlachend. Ik ging staan om hem de hand te schudden. 'Misschien kunnen we elkaar weer treffen na de wedstrijd?'

'Ja,' riep Tommy uit. 'Ik reis niet terug met het team – ik overnacht hier om een paar familieleden op te zoeken. Je kunt na de wedstrijd naar het hotel komen... Zou je me eigenlijk willen zien spelen?'

'De halve finale?' Mijn ogen glinsterden. 'Ik zou het heerlijk vinden. Maar hoorde ik je niet tegen Jekkus zeggen dat de kaartjes uitverkocht waren?'

'Jekkus?' Tommy fronste zijn voorhoofd.

'De man met de messen – jouw allergrootste fan.'

'O.' Tommy trok een grimas. 'Ik kan niet aan al mijn fans kaartjes geven. Maar familie en vrienden zijn een heel ander verhaal.'

'Ik kom toch niet naast iemand te zitten die me kent, hè?' vroeg ik. 'Ik wil niet dat nog iemand anders aan de weet komt wat er met me is gebeurd – misschien krijgt Annie het dan te horen.'

'Ik zorg voor een plaats ver van de anderen,' beloofde Tommy. Toen zweeg hij. 'Weet je, Annie is geen kind meer. Ik zag haar een jaar geleden, de laatste keer dat ik hier was voor een wedstrijd. Ze kwam heel evenwichtig op me over. Misschien wordt het tijd haar de waarheid te vertellen.'

'Misschien,' zei ik glimlachend, maar ik wist dat ik het niet zou doen.

'Ik vind echt dat je dat moet doen,' hield Tommy aan. 'Het zal een schok zijn, zoals het voor mij was, maar ik weet zeker dat ze opgetogen zal zijn om te zien dat je nog leeft en dat het je goed gaat.'

'We zien wel,' zei ik.

Ik liep met Tommy de tent uit, door het kamp en door de stadiontunnels naar de plaats waar zijn auto stond geparkeerd. Bij de auto wenste ik hem welterusten, maar hij bleef staan voor hij instapte en keek me ernstig aan. 'We moeten morgen nog eens over Steve praten,' zei hij.

Mijn hart sloeg een slag over. 'Waarom?' vroeg ik zo achteloos mogelijk.

'Er zijn een paar dingen die je moet weten. Ik wil het er nu niet over hebben – het is al veel te laat – hoewel volgens mij...' Zijn stem stierf weg, maar daarna glimlachte hij weer. 'We zullen het er morgen over hebben. Misschien helpt het je een beslissing te nemen over een paar andere dingen.'

Na die cryptische woorden zei hij gedag. Hij beloofde me de volgende ochtend een kaartje te sturen, gaf me de naam van zijn hotel en het nummer van zijn mobiel, schudde me een laatste keer de hand, stapte in zijn auto en reed weg.

Ik bleef lange tijd buiten de muren van het stadion nadenken over Tommy, Annie en het verleden, en ik vroeg me af wat hij bedoelde toen hij zei dat we het nog eens over Steve moesten hebben.

Toen ik Harkat over de wedstrijd vertelde, reageerde
hij met een automatisch wantrouwen. 'Het is een val,'
zei hij. 'Jouw vriend is een... bondgenoot van Steve.'
'Tommy niet,' zei ik met absolute zekerheid. 'Maar ik
heb het gevoel dat hij ons op de een of andere manier naar hem toe kan leiden of op zijn spoor kan zetten.'
'Wil je dat ik met je meega... naar de wedstrijd?' vroeg
Harkat.
'Jij komt er niet eens in. Bovendien,' zei ik lachend,
'zijn daar tienduizenden mensen. In zo'n menigte ben
ik wel veilig, denk ik.'

Het kaartje werd door een koerier gebracht en ik vertrok vroeg naar de wedstrijd. Ik arriveerde er een uur
voor de aftrap. Een enorme menigte had zich verzameld buiten het stadion. Mensen waren aan het zingen en juichen, uitgedost in hun clubkleuren, en
kochten drankjes, hotdogs en hamburgers van de
straatverkopers. Een hele politiemacht hield toezicht
op de situatie en zorgde ervoor dat de rivaliserende
supporters niet met elkaar slaags raakten.
Ik mengde me een tijdje onder de mensen, wandelde

om het stadion heen en genoot van de atmosfeer. Ik
kocht een hotdog, een programmaboekje en een pet
met de afbeelding van Tommy en de tekst: 'Hij is niet
niks!' Er waren een heleboel petten en badges aan
Tommy gewijd. Er waren zelfs cd's van de zanger Tom
Jones met de foto van Tommy op de omslag geplakt.
Twintig minuten voor de aftrap ging ik op mijn plaats
zitten. Ik had een perfect uitzicht op het veld in de
schijnwerpers. Mijn plaats was in het midden van het
stadion slechts een paar rijen van de dug-outs vandaan. De ploegen waren aan het warmlopen toen ik
aankwam. Ik raakte echt opgewonden toen ik Tommy
in een van de doelen oefenschoten zag stoppen. Om
te bedenken dat een van mijn vrienden een halve finale van een cuptoernooi speelde! Er was veel met
me gebeurd sinds mijn kindertijd en ik had veel menselijke zaken achter me gelaten. Maar mijn liefde voor
voetbal kwam helemaal terug toen ik ging zitten en
naar Tommy keek, en ik voelde een kinderlijke opwinding in me groeien.

De ploegen verdwenen van het veld om zich klaar te
maken voor de aftrap en verschenen een paar minuten later weer. Alle plaatsen in het stadion waren be-
zet en er klonk een luid gejuich op toen de spelers
naar buiten kwamen lopen. De meeste mensen gingen staan, klapten en joelden. De scheids gooide een
munt op om te beslissen op welke helft de ploegen
zouden beginnen, daarna gaven de aanvoerders elkaar een hand, de spelers namen hun posities in, de
scheids blies op zijn fluitje en de wedstrijd was begonnen.

Het was een schitterende wedstrijd. Beide teams gingen vol voor de winst. De tackles waren snel en hard. Het spel verschoof van de ene naar de andere kant als beide partijen om beurten in de aanval gingen. Er waren veel doelkansen. Tommy deed een paar fantastische reddingen, evenals de andere keeper. Een paar spelers schoten naast of over vanuit een goede scoringskans en kregen een koor van gejoel en gekreun over zich heen. Na drieënveertig minuten leken de ploegen met een gelijkspel de rust in te gaan. Maar toen kwam er een snelle doorbraak: een verdediger gleed uit, een spits kreeg een opgelegde kans en hij joeg de bal in de linkerhoek buiten het bereik van de uitgestoken vingers van Tom Jones.

Tommy en zijn ploeggenoten zagen er terneergeslagen uit toen ze de rust in gingen, maar hun supporters bleven zingen: 'Een-nul tegen, twee-één voor, en de finale is erdoor.'

Ik wilde iets te drinken gaan halen, maar de lengte van de rij was beangstigend – de doorgewinterde supporters waren net voor het afblazen voor de rust al die kant op gegaan. Ik liep wat rond om mijn benen te strekken en keerde daarna terug naar mijn plaats.

Hoewel ze een doelpunt achter stonden, leek de ploeg van Tommy vol zelfvertrouwen toen ze terugkeerden na de rust. Vanaf het begin van de tweede helft vielen ze aan, pakten hun tegenstanders de bal af, drongen ze naar achteren en gingen recht op de goal af. Het spel raakte verhit en in het eerste kwartier kregen drie spelers al een kaart. Maar hun hervonden gretigheid werd beloond in de vierenzestigste minuut toen ze een frommelgoal maakten uit een corner en gelijk kwamen.

Het stadion ontplofte toen Tommy's ploeg scoorde. Ik was een van de duizenden die opsprongen van hun stoel en in de lucht stompten van vreugde. Ik deed zelfs mee aan het lied om de supporters van de tegenpartij het zwijgen op te leggen. 'Nu hou je op, hou je op, hou je op met zingen!'

Vijf minuten daarna zong ik zelfs nog harder toen het team vanuit een andere corner weer scoorde en het twee-één werd. Ik omhelsde de man naast me – en sprong vol blijdschap op en neer. Het was nauwelijks te geloven dat ik me zo gedroeg. Wat zouden de Vampiersgeneraals zeggen als ze een Prins zich zo belachelijk zagen gedragen!

De rest van de wedstrijd bleef spannend. Nu ze een punt achterstonden, moest de andere ploeg aanvallen om de gelijkmaker te scoren. Tommy's teamgenoten werden naar achteren gedrongen tot op hun eigen speelhelft. Er waren tientallen wanhopige verdedigende tackles, een heleboel vrije schoppen en nog meer gele kaarten. Maar ze hielden stand. Tommy moest een paar tamelijk eenvoudige reddingen verrichten, maar verder kwam zijn doel niet in gevaar. Met nog zes minuten te gaan, leek de winst binnen. Toen, in een bijna directe herhaling van het eerste doelpunt, maakte een speler zich los van zijn verdediger en kwam voor het doel met alleen Tommy nog voor zich. Weer werd de bal hard en precies geraakt. Hij boog naar de linkerbenedenhoek. De doelpuntenmaker draaide zich al om om het te vieren.

Maar hij was te snel. Omdat Tommy deze keer op de een of andere manier gestrekt naar beneden ging en een paar vingers tegen de bal wist te krijgen. Hij raakte hem amper, maar het was voldoende om de bal buiten de paal te duwen.

De toeschouwers werden wild! Ze riepen Tommy's naam en zongen: 'Zo is het, zo hoort het, hij is de aller-, allerbeste!' Tommy negeerde het zingen en bleef gericht op de hoekvlag en dirigeerde zijn verdedigers. Maar de redding had alle geestkracht bij het andere team weggehaald en hoewel ze in de laatste paar minuten naar voren bleven komen, lukte het hun niet nog te scoren.

Toen de fluit ging, omhelsden de spelers van Tommy's team elkaar vermoeid, schudden de tegenstanders de hand en ruilden van shirts. Daarna groetten ze hun supporters en bedankten hen voor hun steun. We stonden allemaal op en applaudisseerden, terwijl we overwinningsliederen zongen waarvan er veel over de ongelooflijke Tom Jones gingen.

Tommy was een van de laatste spelers die het veld verlieten. Hij had zijn shirt geruild met zijn tegenpool en gezamenlijk verlieten ze het veld, pratend over de wedstrijd. Ik brulde Tommy's naam toen hij bij de dug-outs kwam, maar natuurlijk kon hij me boven het gejoel van het publiek uit niet horen.

Net toen Tommy in de tunnel naar de kleedkamers zou verdwijnen, brak er tumult los. Ik hoorde kwade kreten, daarna een paar scherpe knallen. De meeste mensen om me heen wisten niet wat er gebeurde, maar ik had die geluiden eerder gehoord – schoten!

Vanwaar ik stond, kon ik niet in de tunnel kijken, maar ik zag Tommy en de andere doelman verward blijven staan en daarna weglopen van de ingang van de tunnel. Ik voelde ogenblikkelijk gevaar. 'Tommy!' schreeuwde ik. Ik duwde de mensen naast me uit de weg en werkte me met kracht naar beneden naar het veld. Voor ik daar was, kwam een steward uit de tunnel wankelen. Het bloed stroomde van zijn gezicht. Toen de mensen voor me dat zagen, raakten ze in paniek. Ze draaiden zich om, probeerden weg te komen van het veld, hielden mijn doorgang tegen en duwden me naar achteren.

Terwijl ik worstelde om los te komen, schoten twee gedaanten uit de tunnel. De een was een met een geweer zwaaiende vampet met een geschoren hoofd en een half weggeschoten gezicht. De ander was een bebaarde krankzinnige vampanees met een purperen huid en met zilveren en gouden haken in plaats van handen. *Morgan James en V.W.!*

Ik gilde het uit van de angst toen ik het moordzuchtige stel zag en ik schoof iedereen om me heen naar achteren, gebruikmakend van al mijn vampierskrachten. Maar voor ik een doorgang had gemaakt, had V.W. zijn doelwit al in het vizier. Hij sprong langs de dug-outs, negeerde de spelers, de coaches en de officials op het veld en ging op een geschrokken Tom Jones af.

Ik weet niet wat er door Tommy's hoofd heen flitste toen hij het potige, paarse monster op zich af zag komen. Misschien dacht hij dat het een misplaatste grap was, of een krankzinnige supporter die hem wilde omhelzen. In ieder geval reageerde hij niet en bracht hij zijn handen niet omhoog om zich te verdedigen of draaide hij zich niet om om weg te rennen. Hij bleef gewoon staan en staarde sprakeloos naar V.W.

Toen V.W. Tommy bereikte, haalde hij zijn rechterhand naar achteren – de arm met de gouden haken – en stak vervolgens de ijzers diep in Tommy's borst. Ik verstarde en voelde Tommy's pijn terwijl ik gevangen in het publiek bleef staan. Daarna trok V.W. zijn haken terug, schudde zijn hoofd met een krankzinnige blijdschap en rende terug de tunnel in, achter Morgan James aan die zijn geweer afvuurde om een pad te banen.

Op het veld staarde Tommy stompzinnig naar het rode, onregelmatige gat in de linkerkant van zijn borst. Toen, bijna met een komische mimiek, gleed hij weinig gracieus op de grond, schokte een paar keer en bleef daarna onbeweeglijk liggen – de vreselijke, onmiskenbare onbeweeglijkheid van de dood.

Ik wist me los te maken uit het publiek en bereikte struikelend het veld. De mensen om me heen staarden verlamd van schrik naar de gevallen doelman. Mijn eerste reactie was om naar Tommy toe te rennen. Maar mijn verstand kreeg de overhand. Tommy was dood. Ik kon later om hem treuren. Op dit moment moest ik me concentreren op V.W. en Morgan James. Als ik achter die twee aanging en me haastte, zou ik ze misschien inhalen voordat ze wisten te ontkomen.

Ik rukte mijn ogen los van Tommy, dook de tunnel in, en rende langs de spelers, de begeleiders en de officials die nog in shock verkeerden. Ik zag nog meer mensen die neergeschoten waren, maar ik bleef niet staan om te kijken of ze nog leefden of dood waren. Ik moest een vampier zijn, geen mens. Een moordenaar, geen verzorger.

Ik rende door de tunnel tot die zich in twee richtingen uitsplitste. Links of rechts? Ik bleef hijgend staan en zocht de gangen af naar aanwijzingen. Links van me niets, maar op de muur rechts van me zat een rood vlekje: bloed.

Ik begon weer te rennen. Een stem in mijn achterhoofd fluisterde: 'Je hebt geen wapens. Hoe wil je jezelf verdedigen?' Ik negeerde die stem.

De gang leidde naar een kleedkamer waar de meeste spelers van het winnende elftal zich verzameld hadden. De spelers hadden geen idee wat er op het veld was gebeurd. Ze juichten en zongen. De gang splitste zich hier weer. Het pad links leidde terug naar het veld, dus ik ging weer rechtsaf en bad tot de goden van de vampiers dat ik de juiste keuze had gemaakt. Een lange spurt. De gang was smal en had een laag plafond. Ik hijgde zwaar, niet van uitputting maar van verdriet. Ik bleef denken aan Tommy, aan meneer Crepsley, aan Gavner Purl – vrienden die ik aan de vampanezen had verloren. Ik moest tegen het verdriet vechten omdat ik er anders aan onderdoor zou kunnen gaan, dus ik dacht aan V.W. en Morgan James.

V.W. was vroeger ecosoldaat geweest. Hij had in het Cirque du Freak geprobeerd de Wolfman te bevrijden. Ik had hem tegengehouden, maar pas toen de Wolfman zijn handen had afgebeten. V.W. was gevlucht, had het overleefd en had mij de schuld gegeven van het ongeluk. Een paar jaar erna werd hij ontdekt door Steve Leopard. Steve zei tegen de vampanezen hem bloed te geven, en het stel beraamde samen mijn ondergang. V.W. was in de Spelonk der Vergelding toen meneer Crepsley werd gedood. Dat was de laatste keer dat ik hem had gezien.

Morgan James was een ex-politieman. Een vampet, een mens die door de vampanezen was gerekruteerd. Net als de andere vampets was hij gekleed in een bruin hemd en zwarte broek, had hij zijn hoofd geschoren, bloedcirkels om zijn ogen geschilderd en boven beide oren een 'V' laten tatoeëren. Aangezien hij geen bloed had gehad, mocht hij wapens gebruiken waarmee je projectielen kon afvuren, zoals geweren. Vampanezen hadden, net als vampiers, als ze bloed kregen een eed gezworen dergelijke wapens niet te gebruiken. James was ook in de Spelonk der Vergelding geweest. Tijdens de strijd was hij neergeschoten en was de linkerkant van zijn gezicht weggerukt door de kogel.

Een verraderlijk, dodelijk stel. Weer vroeg ik me af wat ik zou doen als ik ze inhaalde – ik had geen wapens! Maar weer negeerde ik dat probleem en concentreerde me op de jacht.

Het einde van de gang. Een deur op een kier. Twee politieagenten en een official lagen ineengezakt tegen de muur: dood. Ik vervloekte V.W. en Morgan James en zwoer wraak.

Ik schopte de deur wijdopen en dook weg. Ik was achter in het stadion, het stilste gedeelte van het bouwwerk en het kwam uit op een woningbouwproject. De politie hier was naar de zijkanten van het stadion geroepen – er was een ordeverstoring aan de voorkant, ongetwijfeld opgezet op het tijdstip van de aanval.

Voor me zag ik V.W. en Morgan James het woningbouwproject binnengaan. Tegen de tijd dat de politie haar aandacht weer richtte op deze kant, zouden de moordenaars verdwenen zijn. Ik ging achter hen aan. Bleef staan. Haastte me weer terug het stadion in en fouilleerde de dode politiemannen. Geen wapens, maar ze hadden allebei een knuppel bij zich. Ik pakte de knuppels, een voor elke hand, en rende vervolgens weer achter mijn prooi aan.

Het was donker in de woonwijk, vooral na het schelle licht van het stadion. Maar ik had het extra scherpe zicht van de halfvampier, dus ik kon zonder problemen mijn weg vinden. Op regelmatige afstanden kwamen zijstraten, zeven of acht huizen per woonblok. Ik bleef bij elke kruising even staan en keek naar links en naar rechts. Geen teken van V.W. en Morgan James. Dan weer verder.

Ik wist niet of zij wisten dat ik hen volgde. Ik nam aan dat ze hadden geweten dat ik bij de wedstrijd was, maar misschien hadden ze er niet op gerekend dat ik als eerste het stadion uit zou komen om hen te achtervolgen. Het verrassingselement was misschien aan mijn kant, maar ik wilde er niet op rekenen.

Ik bereikte de laatste kruising. Links of rechts? Ik bleef op straat staan en draaide mijn hoofd van de ene naar de andere kant. Ik zag niemand. Ik was ze kwijt! Moest ik een willekeurige richting nemen of teruggaan en...

Er klonk een zacht krassend geluid links van me – een mes dat tegen een muur werd geschraapt. Toen siste iemand: 'Stil!'

Ik draaide me om. Tussen twee huizen was een smalle steeg en daar kwam het geluid vandaan. De dichtstbijzijnde lantaarn was stukgegooid. De enige verlichting kwam van de overkant van de straat. Ik kreeg er een slecht gevoel door – het krassende geluid en het sissen hadden niet zo hoopvol geklonken – maar ik kon niet meer terug. Ik liep erheen.

Ik bleef op een paar meter afstand van de steeg staan en schuifelde naar het midden van de straat. Mijn knokkels waren wit van de greep om de knuppels. Ik zag een deel van de steeg. Niemand bij de donkere ingang. De steeg was niet dieper dan vijf of zes meter en zelfs in het slechte licht kon ik de muur achterin zien. Er was daar niemand. Ik ademde huiverend uit. Misschien hadden mijn oren me een loer gedraaid. Of het geluid was van een tv of radio geweest. Wat moest ik nu doen? Ik was weer terug bij af en had geen idee welke kant ik op moest...

Er bewoog zich iets in de steeg, dicht bij de grond. Ik verstrakte en liet mijn blik zakken. Nu zag ik ze, ineengedoken in de diepste schaduw tegen de muren aan weerskanten en nagenoeg onzichtbaar.

De gedaante links grinnikte en ging staan – V.W. Ik bracht de knuppel in mijn linkerhand ter verdediging omhoog. Daarna kwam de gedaante rechts overeind en Morgan James deed een stap naar voren, hief zijn geweer en richtte dat op mij. Ik begon de knuppel in mijn rechterhand omhoog te brengen en besefte toen hoe weinig ik eraan had als hij schoot.

Ik deed een stap achteruit, met de bedoeling ervandoor te gaan, toen een stem vanuit de duisternis achter V.W. klonk. 'Niet schieten,' zei die zacht. Morgan James liet onmiddellijk de loop van zijn geweer zakken.

Ik had weg moeten rennen, maar ik kon het niet zonder het gezicht van die stem gezien te hebben. Dus ik bleef staan en kneep mijn ogen iets samen. Een derde gedaante werd zichtbaar toen die achter V.W.

vandaan stapte. Het was Gannen Harst, de voornaamste beschermer van de Heer der Vampanezen.

Ik had het voor een deel verwacht en in plaats van in paniek te raken, voelde ik iets van opluchting. Het wachten was voorbij. Wat het lot voor mij ook in petto had, het begon hier. Onze laatste ontmoeting met de Heer der Vampanezen. Uiteindelijk zou ik hem doden – of zou hij mij doden. Alles was beter dan het wachten.

'Hallo, Gannen,' zei ik. 'Ik zie dat je nog steeds met krankzinnigen en tuig omgaat.'

Gannen Harst begon kwaad te worden, maar gaf geen antwoord. 'Heer,' zei hij, en een vierde man die in hinderlaag had gelegen stapte achter Morgan James vandaan, me bekender dan de anderen.

'Goed je weer eens te zien, Steve,' zei ik cynisch, terwijl de grijsharige Steve Leopard langzaam zichtbaar werd. Voor een deel hield ik mijn aandacht gericht op Gannen Harst, V.W. en Morgan James, maar voornamelijk lette ik op Steve. Ik schatte de afstand tussen ons in en vroeg me af wat voor schade ik kon aanrichten als ik mijn knuppels naar hem toe gooide. De andere drie konden me niet schelen – het doden van de Heer der Vampanezen kwam op de allereerste plaats.

'Hij ziet er niet verrast uit ons te zien,' merkte Steve op. Hij was niet zo ver te voorschijn gekomen als Gannen Harst en werd beschermd door het lichaam van Morgan James. Ik zou hem misschien kunnen raken vanuit deze hoek – maar het was een grote gok.

'Ik pak hem,' grauwde V.W. die een stap naar me toe

deed. De laatste keer dat ik hem had gezien, had hij rode contactlenzen gedragen en had hij zijn huid paars geverfd om er meer als een vampanees uit te zien. Maar zijn ogen en huid waren de afgelopen twee jaar op natuurlijk wijze veranderd, en hoewel zijn kleur licht was in verhouding tot die van een volgroeide vampanees, was die echt.

'Blijf waar je bent,' zei Steve tegen V.W. 'We kunnen hem allemaal later om beurten te grazen nemen. Laten we eerst de introductie afronden. Darius.'

Vanachter Steve stapte de jongen die Darius heette te voorschijn. Hij droeg een groene mantel zoals Steve. Hij huiverde, maar zijn gezicht stond vastberaden. Hij hield een lang pijlgeweer in zijn handen, een van Steves uitvindingen. Dat was op mij gericht.

'Ben je nu al kinderen bloed aan het geven?' gromde ik walgend, terwijl ik nog steeds wachtte tot Steve iets verder naar voren stapte en de dreiging van het pijlgeweer van de jongen negeerde.

'Darius is een uitzondering,' zei Steve glimlachend. 'Een zeer waardevolle bondgenoot en een nuttige spion.'

Steve deed een halve stap naar de jongen toe. Dit was mijn kans! Ik bewoog voorzichtig mijn rechterhand naar achteren en zorgde ervoor mijn bedoelingen niet te verraden. Ik was volledig geconcentreerd op Steve. Nog een paar tellen en ik kon mijn slag slaan...

Toen sprak Darius. 'Zal ik hem nu neerschieten, pa?'

Pa?

'Ja, zoon,' antwoordde Steve.

Zoon?

Terwijl mijn gedachten rondtolden als een derwisj, richtte Darius nauwkeurig, slikte, haalde de trekker over en schoot een pijl met een stalen punt recht op me af.

De pijl raakte me hoog in mijn rechterschouder en ik viel achterover. Ik brulde van de pijn, greep de schacht van de pijl en trok. De pijl brak in mijn hand en de punt bleef diep in mijn vlees zitten.

Een ogenblik werd de wereld om me heen rood. Ik dacht dat ik het bewustzijn zou verliezen. Maar toen trok de bloedrode waas op en de straat en de huizen werden weer zichtbaar. Boven het geluid van mijn pijnlijke ademhaling uit hoorde ik voetstappen op me af komen. Ik ging rechtop zitten – beet mijn tanden op elkaar om een nieuwe golf van pijn te onderdrukken – en zag Steve met zijn kleine bende naderbij komen voor de genadeslag.

Ik had de knuppels losgelaten toen ik viel. Een was er weg gerold, maar de andere lag vlak bij me. Ik graaide ernaar en naar de schacht van de pijl – het versplinterde uiteinde zou ik kunnen gebruiken als een geïmproviseerde dolk.

Toen Gannen Harst dit zag, stapte hij voor Steve. 'Verspreiden,' beval hij V.W. en Morgan James. Ze gehoorzaamden snel. De jongen, Darius, stond achter Steve. Hij zag er misselijk uit. Ik denk niet dat hij ooit eerder iemand had neergeschoten.

'Blijf daar!' siste ik, terwijl ik met mijn armzalige wapens naar hen uithaalde.

'Je doet je best maar,' giechelde Steve.

'Iehk zjou et em el eens zien pwobewen,' zei Morgan James die sinds zijn ongeluk alleen nog maar klanken kon uitbrengen.

'We laten hem niets proberen,' zei Gannen Harst rustig. Hij had zijn zwaard nog niet getrokken, maar zijn rechterhand hing doelbewust bij zijn schede. 'Hij blijft een gevaarlijke tegenstander, ook al is hij gewond – vergeet dat niet.'

'Je schat de jongen te hoog in,' zei Steve zoetsappig, terwijl hij over de schouder van zijn beschermer heen naar me keek. 'Hij komt met zo'n wond nog niet eens overeind.'

'O nee?' snoof ik en ik duwde mezelf omhoog, al was het alleen maar om hem treiteren. Een rood gordijn viel voor een tweede keer naar beneden, maar weer ging het na een paar tellen voorbij. Toen mijn zicht weer helder werd, zag ik Steve gemeen grijnzen – hij had me opzettelijk overeind gelokt, om zich nog meer te amuseren.

Zwaaiend met de pijl naar de vier mannen stapte ik achteruit. Elke stap was een kwelling, de pijn in mijn rechterschouder flitste op bij de minste of geringste beweging. Het was duidelijk dat ik niet ver zou komen, maar Gannen nam geen enkel risico. Hij stuurde V.W. naar mijn linkerkant en James naar mijn rechterkant om de weg in beide richtingen te blokkeren.

Ik bleef staan, schommelde log op mijn voeten en probeerde wazig een plan te bedenken. Ik wist dat alleen Steve me kon doden – Des Tiny had de ondergang van de vampanezen voorspeld als iemand anders dan hun Heer een van de vampiersjagers zou doden – maar de anderen konden me voor hem vasthouden.

'Laten we er snel een einde aan maken,' zei Gannen toen hij ten slotte zijn zwaard trok. 'Hij is aan onze genade overgeleverd. Laten we geen tijd verspillen.'

'Rustig aan,' zei Steve grinnikend. 'Ik wil hem nog wat meer zien bloeden.'

'En als hij doodbloedt door die pijl van je zoon?' snauwde Gannen.

'Dat gebeurt niet,' zei Steve. 'Darius heeft hem precies daar geraakt waar ik met hem op geoefend heb.' Steve wierp een blik achterom naar de jongen en zag diens gekwelde blik. 'Gaat het een beetje met je?'

'Ja,' zei Darius schor. 'Ik dacht alleen niet dat het zo... zo...'

'... bloederig zou zijn,' zei Steve. Hij knikte begripvol. 'Je hebt vanavond goed je werk gedaan. Je hoeft de rest niet te zien als je het niet wilt.'

'Hoe ben... je aan een... zoon gekomen?' zei ik hijgend, terwijl ik tijd rekte in de hoop dat er een ontsnappingskans zou komen.

'Een lang, krankzinnig verhaal,' zei Steve die weer naar me keek. 'Ik zou het je dolgraag willen vertellen voor ik een staak door je hart jaag.'

'Je hebt dat... helemaal verkeerd,' zei ik onaangenaam lachend. 'Ik ben degene die vanavond... iemand doodt.'

'Optimistisch tot het einde,' meesmuilde Steve. Hij trok boosaardig een wenkbrauw op. 'Hoe is Tommy gestorven – waardig, of als dat krijsende varken, Crepsley?'

Toen hij dat zei, knapte er iets in me. Ik gilde Steve een smerige belediging toe en gooide zonder na te denken mijn knuppel naar hem. Uit puur geluk raakte die zijn voorhoofd en hij ging met een verrast gegrom neer.

Gannen Harst draaide instinctief van me weg om naar zijn Heer te kijken. Op het moment dat hij in beweging kwam, kwam ik ook in beweging. Ik sprong op Morgan James af en haalde uit met de pijl. Hij deed een snelle stap achteruit om niet gespietst te worden. Terwijl hij dat deed, dreunde ik tegen hem aan met mijn gewonde rechterschouder. Ik huilde van de pijn toen de pijlpunt dieper in mijn vlees werd gedrukt, maar mijn opzet lukte: James sloeg dubbel.

De weg was even vrij. Ik struikelde naar voren, greep mijn rechterschouder met mijn linkerhand, drukte hard rond de wond waarin de pijlpunt zat en probeerde jammerend van de pijn het bloeden tegen te gaan. Achter me hoorde ik Steve schreeuwen: 'Ik heb niets! Pak hem. Laat hem niet wegkomen!'

Als ik niet gewond was geweest, had ik misschien voldoende voorsprong op hen kunnen krijgen. Maar ik kon nu alleen nog maar sjokken. Het was slechts een kwestie van seconden voor ze me ingehaald hadden. Terwijl ik wankelend wegliep met mijn achtervolgers dicht op mijn hielen, ging een deur van een van de huizen links van me open en een grote man stak zijn hoofd naar buiten. 'Wat is dat allemaal voor lawaai?' schreeuwde hij kwaad. 'Sommigen van ons proberen te...'

'Help!' schreeuwde ik in een opwelling. 'Moord!'

De man gooide de deur helemaal open en stapte naar buiten. 'Wat is er aan de hand?' gilde hij.

Ik keek achterom naar Steve en de anderen. Ze waren blijven staan. Ik moest proberen gebruik te maken van hun verwarring. 'Help!' schreeuwde ik zo hard ik kon. 'Moordenaars! Ze hebben op me geschoten! Help!'

In aangrenzende huizen begonnen lichten aan te knippen en werden er gordijnen opengetrokken. De man die naar buiten was gekomen, kwam op me af lopen. Steve maakte een spottende opmerking, greep over zijn schouder, haalde een pijlgeweer te voorschijn en vuurde op de man. Gannen Harst sloeg het pijlgeweer opzij net voordat Steve wilde schieten en de pijl vloog ver naast zijn doel. Maar de man had Steves bedoeling gezien en rende terug zijn huis in voordat er weer op hem geschoten kon worden.

'Wat ben je aan het doen?' vroeg Steve woedend aan Gannen Harst.

'We moeten hier weg!' schreeuwde Gannen.

'Pas als we hem gedood hebben!' gilde Steve, terwijl hij met een ruk zijn pijlgeweer op mij richtte.

'Schiet hem dan snel dood, dan gaan we,' antwoordde Gannen.

Steve staarde me aan, zijn ogen vol haat. Achter hem keken V.W. en Morgan James met een hongerige blik toe, zo hunkerden ze om me dood te zien. Darius stond

een eindje van de anderen af – ik wist niet of hij toe-
keek of niet.

Steve hief zijn pijlgeweer, deed een paar stappen
dichterbij, richtte zijn vizier op mij en toen...

... liet hij het zakken zonder te schieten. 'Nee,' zei hij
nors. 'Dit is te gemakkelijk. Te snel.'

'Doe niet zo dwaas,' brulde Gannen. 'Je moet hem doden! Dit is de voorspelde vierde confrontatie. Je moet
het nu doen, voor...'

'Ik doe wat ik wil!' gilde Steve, terwijl hij zich tot zijn
mentor wendde. Een ogenblik dacht ik dat hij van
plan was zijn meest directe medestander aan te vallen. Maar toen beheerste hij zich en glimlachte dun.
'Ik weet wat ik doe, Gannen. Ik kan hem op deze manier niet doden.'

'Wanneer dan wel als het nu niet kan?' snauwde Gannen.

'Later,' zei Steve. 'Als de tijd juist is. Als ik hem op
mijn gemak kan kwellen en hem de pijn kan laten
voelen die ik voelde toen hij me verried en een ver-
bond aanging met die gluiperige Crepsley.'

'En de profetie van meneer Tiny dan?' zei Gannen
sissend.

'Mijn rug op,' zei Steve meesmuilend. 'Ik bepaald
mijn eigen lot. Die sul met zijn laarsjes bepaalt mijn
leven niet.'

Uit Gannens rode ogen spatten vonken van woede.
Dit was krankzinnig. Hij wilde dat Steve me doodde
om de Oorlog der Littekens voor eens en voor altijd
te beëindigen. Hij had erover willen redetwisten,
maar er gingen meer deuren open en mensen staken

hun hoofd naar buiten. Gannen besefte dat ze gevaar liepen te veel ongewenste aandacht te trekken. Hij schudde zijn hoofd, greep Steve beet, draaide hem van me af en duwde hem terug in de richting vanwaar ze waren gekomen, terwijl hij V.W. en Morgan James het bevel gaf zich terug te trekken.

'Tot ziens, Vampiersprins,' zei Steve lachend, en zwaaide naar me terwijl Gannen hem wegleidde.

Ik wilde reageren met een gepaste belediging, maar ik had de kracht niet meer. Bovendien moest ik hier net zo snel weg zien te komen als Steve en zijn bende. Als de mensen naar buiten kwamen en me vonden, zou ik enorm in de problemen komen. Het zou politie betekenen, ziekenhuis, herkenning en arrestatie – ik was nog steeds een gezochte vluchteling. De mensen hier waren dan misschien niet op de hoogte van de zogenaamde moordenaar Darren Shan, maar de politie was dat beslist wel.

Ik draaide me weg van de mensen die naar buiten kwamen en wankelde naar het einde van de straat waar ik een ogenblik tegen een muur bleef leunen. Ik veegde zweet van mijn voorhoofd en tranen uit mijn ogen, bekeek toen de wond in mijn schouder – die bloedde nog steeds. Ik had geen tijd om hem verder te onderzoeken. Mensen verschenen nu overal op straat. Over niet al te lange tijd zou het nieuws van de moorden in het stadion doordringen. Dan zouden ze allemaal aan de telefoon hangen met de politie en haar alles vertellen over het opstootje op straat.

Ik duwde me van de muur af, struikelde naar links en begon een weg af te lopen die me hopelijk het woningbouwproject uit zou brengen. Ik probeerde te draven, maar dat deed te veel pijn. Ik vertraagde naar de snelste pas die ik op kon brengen, en bloedde bij elke stap die ik deed, terwijl mijn hoofd gonsde en ik me wanhopig afvroeg hoever ik zou komen voordat ik door bloedverlies of een shock ineen zou zakken.

Ik was een paar minuten later uit het woningbouw-project. In de verte gilden politiesirenes jankend door de nacht. Het stadion zou hun eerste doel worden, maar als ze eenmaal hoorden van het opstootje in de nieuwbouwwijk, zouden eenheden erop afgestuurd worden om de zaak te onderzoeken.

Terwijl ik voorovergebogen naar adem stond te snak-ken, bekeek ik het pad dat ik had genomen en zag kleine bloedspatten die mijn loop markeerden – een duidelijk spoor voor iedereen die achter me aan zat. Als ik nog onopgemerkt verder wilde gaan, zou ik iets aan mijn wond moeten doen.

Ik bekeek het gat. Een klein stukje van de pijlschacht dat vastzat aan de punt stak naar buiten. Ik greep het korte eindje hout, sloot mijn ogen, beet mijn tanden op elkaar en trok.

'Charna's ingewanden!'

Ik viel huiverend achterover, mijn vingers verkramp-ten en mijn mond ging snel open en dicht. Ongeveer een minuut voelde ik alleen maar pijn. De huizen om me heen hadden in kunnen storten en ik zou het niet gemerkt hebben.

Langzamerhand nam de pijn af en het lukte me weer

naar de wond te kijken. Ik was er niet in geslaagd de punt eruit te trekken, maar ik had hem dichter naar de oppervlakte gekregen en hij verstopte het gat. Er stroomde nog steeds bloed uit, maar niet meer zo snel als het eerder had gedaan. Meer viel er niet te doen. Ik scheurde een lange reep van mijn hemd, maakte er bal van en drukte die op de wond. Na een paar keer diep adem gehaald te hebben, ging ik weer staan. Mijn benen trilden als die van een pasgeboren lam, maar ze hielden me. Ik vergewiste me ervan dat ik geen bloed meer verloor en hervatte daarna mijn wankele vlucht.

De volgende tien of vijftien minuten gingen in een langzame, pijnlijke waas voorbij. Ik was voldoende bij zinnen om te blijven lopen, maar het lukte me niet de straatnamen te lezen of een route terug naar het Cirque du Freak te bepalen. Ik wist alleen maar dat ik niet stil moest blijven staan.

Ik hield de zijkanten van straten en stegen aan, zodat ik een hek kon grijpen voor steun of tegen een muur kon leunen om even uit te rusten. Ik kwam niet veel mensen tegen. Die ik wel tegenkwam, negeerden me. Dat verraste me, zelfs in mijn verdoofde toestand, tot ik besefte hoe ik eruit moest zien. Een tiener die wankelend met gebogen hoofd en samengevouwen lichaam voortsjokte en zacht kreunde – ze dachten dat ik dronken was!

Uiteindelijk moest ik blijven staan. Ik was aan het einde van mijn krachten. Als ik niet ging zitten en wat uitrustte, zou ik midden op straat neervallen. Gelukkig was ik dicht bij een donkere steeg. Ik viel naar binnen en kroop weg van de straatlantaarns, diep de welkome schaduw in. Ik bleef naast een grote, zwarte vuilnisbak liggen, ging rechtop zitten tegen de muur achter de vuilnisbak en trok mijn benen op.

'Gewoon... even... rusten,' zei ik piepend, terwijl ik mijn hoofd op mijn knieën legde en huiverde van de pijn in mijn schouder. 'Een paar minuten... dan kan ik...'

Verder kwam ik niet. Mijn oogleden vielen dicht en ik ging gestrekt, overgeleverd aan de genade van degene die over me heen struikelde.

Mijn ogen gingen open. Het was later, donkerder, kouder. Ik had het gevoel alsof ik in een blok ijs opgesloten zat. Ik probeerde mijn hoofd op te tillen, maar slechts die geringe inspanning bleek te veel voor mij. Ik raakte weer buiten bewustzijn.

De volgende keer dat ik bijkwam, kokhalsde ik. Een bijtende vloeistof werd in mijn keel gegoten. Een verward moment dacht ik dat ik weer een aankomende halfvampier was en dat meneer Crepsley me probeerde te dwingen mensenbloed te drinken. 'Nee,' mompelde ik, terwijl ik naar de handen sloeg die mijn hoofd vasthielden. 'Ik wil niet... zoals jij worden.'

'Hou hem stil,' gromde iemand.

'Dat is niet zo gemakkelijk,' zei degene die mijn hoofd vasthield klaaglijk. 'Hij is sterker dan hij eruitziet.'

Toen voelde ik een lichaam boven op me gaan zitten en een stem fluisterde in mijn oor: 'Rustig, jongen. We proberen alleen maar te helpen.'

Mijn hoofd werd iets helderder en ik verzette me niet langer. Knipperend met mijn ogen probeerde ik me te concentreren op de gezichten van de mannen om me heen, maar het was of te donker of mijn zicht was vertroebeld door de pijn. 'Wat... zijn jullie?' vroeg ik snakkend naar adem, waarmee ik vrienden of vijanden bedoelde.

De man die me vasthield moest mijn vraag verkeerd verstaan hebben en denken dat ik had gevraagd wie ze waren. 'Ik ben Declan,' zei hij. 'Dit is Kleine Kenny.'

'Wijdopen,' zei Kleine Kenny, terwijl hij de rand van een fles tegen mijn lippen zette. 'Dit is goedkoop en smerig, maar je wordt er warm van.'

Ik dronk met tegenzin, niet in staat te redetwisten. Mijn maag vulde zich met een misselijkmakend vuur. Toen Kleine Kenny de fles weghaalde, steunde ik met mijn hoofd tegen de muur en kreunde. 'Hoe laat... is het?' vroeg ik.

'We gebruiken geen horloges,' zei Declan grinnikend. 'Maar het is laat, misschien één of twee uur in de ochtend.' Hij pakte mijn kin, draaide mijn hoofd naar links en naar rechts, prikte vervolgens tegen de strook van mijn hemd die met opgedroogd bloed aan mijn schouder kleefde.

'Au!' gilde ik.

Declan liet me onmiddellijk los. 'Sorry,' zei hij. 'Doet het veel pijn?'

'Niet... zoveel... als in het begin,' mompelde ik. Mijn hoofd begon te draaien en bijna ging ik weer onderuit. Toen ik herstelde zaten de twee mannen bij elkaar gekropen op ongeveer een meter afstand en be-spraken wat ze met me zouden doen.

'Laat hem liggen,' hoorde ik Kleine Kenny sissen. 'Hij kan niet ouder zijn dan zestien of zeventien. Wij heb-ben niets aan hem.'

'We hebben aan iedereen iets,' sprak Declan hem te-gen. 'We kunnen ons niet permitteren al te kieskeu-rig te zijn.'

'Maar hij is niet een van ons,' zei Kleine Kenny. 'Hij heeft waarschijnlijk een familie en een thuis. We kun-nen pas gewone mensen gaan rekruteren als ze het ons zeggen!'

'Dat weet ik,' zei Declan. 'Maar er is iets met hem. Heb je zijn littekens gezien? Die heeft hij niet opge-lopen door vechten in de speeltuin. We zouden hem mee moeten nemen. Als de dames hem niet willen houden, kunnen we hem altijd nog dumpen.'

'Maar dan weet hij waar we zitten!' wierp Kleine Ken-ny tegen.

'Zoals hij eraan toe is, betwijfel ik of hij zelfs maar weet welke stad dit is!' snoof Declan. 'Hij heeft wel andere dingen aan zijn hoofd dan de route die we ne-men te markeren.'

Kleine Kenny mompelde iets wat ik niet kon horen en zei daarna: 'Goed, maar vergeet niet dat het jouw keuze was, niet die van mij. Ik neem de schuld hier-van niet op me.'

'Mooi,' zei Declan en kwam weer naast me zitten. Hij trok mijn oogleden helemaal naar boven en ik kreeg hem voor het eerst duidelijk te zien. Hij was een lan-ge man met een baard, gekleed in haveloze kleren, en hij zat onder het vuil: een zwerver. 'Jongen,' zei hij, terwijl hij met zijn vingers voor mijn ogen knipte. 'Ben je wakker? Weet je wat er gaande is?'

'Ja.' Ik wierp een blik op Kleine Kenny en zag dat hij ook een zwerver was.

'We nemen je mee,' zei Declan. 'Kun je lopen?'

Ik nam aan dat ze bedoelden dat ze me meenamen naar een missiepost of een tehuis voor onbehuisden. Dat was niet zo goed als het Cirque du Freak, maar altijd nog beter dan een politiebureau. Ik bevochtigde mijn lippen en keek Declan in de ogen. 'Geen... politie,' kreunde ik.

Declan lachte. 'Zie je?' zei hij tegen Kleine Kenny. 'Ik zei je al dat hij net zo iemand was als wij!' Hij pakte mijn linkerarm en zei tegen Kleine Kenny mijn rechter te pakken. 'Dit gaat pijn doen,' waarschuwde hij me. 'Ben je er klaar voor?'

'Ja,' zei ik.

Ze trokken me overeind. De pijn in mijn schouder kwam weer met een flits tot leven, mijn hersenen ontstaken een vuurwerk en mijn maag draaide zich om. Ik sloeg dubbel en kotste in de steeg op de grond. Declan en Kleine Kenny hielden me vast terwijl ik overgaf en trokken me daarna weer overeind.

'Beter?' vroeg Declan.

'Nee,' hijgde ik.

Hij lachte weer, draaide toen schuifelend rond en trok me met zich mee, tot we naar de ingang van de steeg keken. 'We dragen je zoveel mogelijk,' zei Declan. 'Maar probeer je benen te gebruiken – dat zal alles wat makkelijker maken.'

Ik knikte om te laten zien dat ik het begreep. Declan en Kleine Kenny grepen elkaar vast achter mijn rug, brachten hun andere handen voor mijn borst om me te ondersteunen en leidden me vervolgens weg.

Declan en Kleine Kenny waren een vreemd stel beschermengelen. Ze moedigden me aan met een reeks vervloekingen, met duwen en rukken, en om de zoveel tijd schopten ze tegen mijn voeten om me zover te krijgen dat op eigen kracht een stukje liep. We rustten om de zoveel minuten, leunden tegen muren of lantaarnpalen. Declan en Kleine Kenny hijgden bijna net zo hard als ik. Ze waren duidelijk niet gewend aan veel inspanning.

Hoewel het midden in de nacht was, was de stad vol leven. Het nieuws van de slachting in het stadion had zich verspreid en mensen waren woedend de straat op gegaan. Regelmatig scheurden politieauto's voorbij met gillende sirenes en knipperende lichten.

We liepen duidelijk in het zicht van politie en kwade burgers, maar niemand besteedde enige aandacht aan ons. Met Declan en Kleine Kenny die me vasthielden, zag ik eruit als de derde van een trio dronken zwervers. Een politieagent stopte wel en schreeuwde tegen ons dat we als de sodemieter op de stoep moesten gaan lopen – hadden we niet gehoord wat er was gebeurd? 'Ja, meneer,' mompelde Declan, terwijl hij de agent een half saluut gaf. 'We gaan nu naar huis. Zou u ons misschien een lift kunnen geven?'

De politieman snoof en draaide zich om. Declan grinnikte en leidde ons weer verder. We waren buiten gehoorsafstand toen hij tegen Kleine Kenny zei: 'Heb je enig idee waar al die heisa om is?'

'Volgens mij heeft het iets met voetbal te maken,' zei Kleine Kenny.

'En jij?' vroeg Declan aan mij. 'Weet jij waarom de mensen allemaal zo woedend zijn?'

Ik schudde mijn hoofd. Zelfs al had ik het tegen hem willen zeggen, dan nog kon ik het niet. De pijn was erger dan ooit. Ik moest mijn tanden stijf op elkaar geklemd houden om niet hardop te gaan schreeuwen. We bleven lopen. Ik hoopte half dat ik weer buiten bewustzijn zou raken. Het kon me zelfs niet schelen dat Declan en Kleine Kenny me waarschijnlijk ergens in een goot zouden achterlaten om te sterven om niet met mijn dode gewicht te hoeven zeulen. Maar ik bleef bij bewustzijn en het lukte me mijn benen in beweging te krijgen als ik daartoe aangespoord werd.

Ik had geen idee waar ik naartoe gebracht werd en het lukte me niet mijn hoofd op te heffen om de route vast te leggen. Toen we ten slotte tot stilstand kwamen voor een oud gebouw met een bruine gevel, schoot Kleine Kenny naar voren om een deur open te maken. Ik probeerde op te kijken om te zien welk nummer het was. Maar zelfs dat lag boven mijn macht en ik kon alleen maar naar de grond staren door half-gesloten oogleden toen Declan en Kleine Kenny me naar binnen sleepten en op een harde, houten vloer legden.

Kleine Kenny bleef bij me, terwijl Declan naar boven ging. Ze hadden me op mijn linkerzij gelegd, maar ik rolde terug op mijn rug en staarde naar het pla-

fond. Ik voelde de laatste vonken van mijn bewustzijn doven. Terwijl ik keek, haalden mijn ogen trucs
met me uit en ik beeldde me in dat het plafond glin-
sterde als zeewater in een lichte bries.

Ik hoorde Declan terugkomen met iemand. Hij praatte snel en zacht. Ik probeerde mijn hoofd om te draai-
en en te zien wie hij bij zich had, maar het gebeuren
op het plafond was te boeiend om me van af te wen-
den. Nu zag ik boten, de zeilen bol in de wind, die
over de zee/het plafond boven me cirkels draaiden.

Declan bleef naast me staan en onderzocht me. Daarna deed hij een stap achteruit en de persoon bij hem
bukte zich om te kijken. Toen wist ik dat ik mijn greep
op de werkelijkheid echt aan het kwijtraken was, omdat ik in mijn delirium dacht dat de persoon Debbie
Hemlock was, mijn ex-vriendin. Ik glimlachte zwakjes om de belachelijke gedachte Debbie hier tegen te
komen. Toen riep de vrouw die over me heen gebukt
stond: 'Darren! O, lieve...'

En daarna volgden alleen maar duisternis, stilte en
dromen.

'Au! Het is heet!' zei ik huiverend.

'Doe niet zo kinderachtig,' zei Debbie glimlachend, terwijl ze een lepel met kokendhete soep tegen mijn lippen drukte. 'Het is goed voor je.'

'Niet als ik mijn keel verbrand,' gromde ik. Ik blies op de soep om hem af te laten koelen, slikte en keek toen glimlachend op naar Debbie die de lepel weer in de kom stak. Harkat stond op wacht bij de deur. Buiten hoorde ik Alice Burgess met een van de zwervers praten. Ik voelde me ongelooflijk veilig verder, liggend en nippend van de soep, alsof niets op aarde me ook maar iets kon raken.

Het was vijf dagen geleden dat Declan en Kleine Kenny me hadden gered. De eerste paar dagen waren in een waas voorbijgegaan. Ik was een wrak door de pijn en de hoge koorts, mijn zintuigen lieten me in de steek, en ik was onderhevig aan nachtmerries en waanvoorstellingen. Ik bleef maar denken dat Debbie en Alice niet echt waren. Ik lachte als ze tegen me spraken, ervan overtuigd dat mijn hoofd streken met me uithaalde.

Maar toen de koorts zakte en mijn zintuigen terugkeerden, bleven de gezichten van de vrouwen dezelfde. Toen ik uiteindelijk besefte dat het echt Debbie was, sloeg ik mijn armen om haar heen en omhelsde haar zo stevig dat ik bijna weer buiten bewustzijn raakte.

'Wil jij wat soep?' vroeg Debbie aan Harkat.

'Nee,' antwoordde Harkat. 'Ik heb geen trek.'

Ik had Debbie gevraagd Harkat en meneer Tall voor me te halen, nog voordat ze me had verteld wat Alice en zij daar deden. Toen mijn bezorgde vriend arriveerde – meneer Tall kwam niet mee – vertelde ik hem over Steve en zijn bende en dat Steve de vader was van Darius. Harkats ronde, groene ogen werden bijna twee keer zo groot toen hij dat hoorde. Ik wilde dat hij vertrok en contact opnam met de Vampiersgeneraal, maar hij weigerde. Hij zei dat hij moest blijven om me te beschermen en pas zou gaan als ik weer fit was. Ik was het er niet mee eens, maar dat hielp weinig. Sindsdien was hij de kamer niet meer uit geweest, behalve zo nu en dan om naar de wc te gaan. Debbie lepelde de laatste soep in mijn mond, veegde mijn lippen af met een servet en gaf me een knipoog. Ze was nauwelijks veranderd in de twee jaar dat we elkaar niet hadden gezien. Dezelfde mooie, donkere huid, prachtige bruine ogen, volle lippen en kleine krulletjes. Maar ze was lichamelijk nog verder ontwikkeld. Ze was slanker, gespierder en ze bewoog zich met de vloeibare gratie van een vechter. Haar ogen stonden altijd waakzaam. Ze was nooit helemaal ontspannen, altijd klaar om onmiddellijk te reageren op een dreiging.

De laatste keer dat we elkaar hadden gezien, waren

Debbie en Alice op weg gegaan naar de Vampiers-berg. Ze hadden zich zorgen gemaakt over de opkomst van de vampanezen en de vampets met hun geschoren hoofden – ze dachten dat die zich op mensen zouden gaan richten zodra zij de Oorlog der Littekens hadden gewonnen. Ze besloten dat de vampiers een eigen strijdmacht van mensen moesten creëren om de dreiging van de met geweren uitgeruste vampets te weerstaan. Ze waren van plan hun diensten aan te bieden aan de Generaals en hoopten een klein leger op te zetten om de vampets te verslaan, zodat de vampiers de vrije hand hielden om zich met de vampanezen te bemoeien.

Ik dacht niet dat de generaals hun voorstel zouden accepteren. Vampiers hebben zich altijd verre gehouden van mensen, en ik dacht dat ze Debbie en Alice automatisch zouden afwijzen. Maar Debbie vertelde me dat Seba Nile – de kwartiermeester van de Vampiersberg en een oude vriend van meneer Crepsley en mij – voor hen had gepleit. Die zei dat de tijden veranderd waren en dat de Generaals met hun tijd mee moesten gaan. Vampiers en vampanezen hadden een eed gezworen geen wapens te gebruiken waarmee projectielen afgevuurd konden worden, maar de vampets hadden dat niet gedaan. Veel vampiers werden neergeschoten door dat tuig met de geschoren hoofden. Seba zei dat er iets aan gedaan moest worden, en dat dit de kans was de vampets op hun eigen terrein te bestrijden.

Seba, als oudste nog in leven zijnde vampier, werd hogelijk gerespecteerd. Op zijn aanbeveling werden

Debbie en Alice geaccepteerd, hoewel met tegenzin. Maandenlang hadden ze op de manier van de vampiers getraind, voornamelijk onder leiding van mijn oude taakmeester, Vanez Blane. De blinde vampier leerde hen te vechten en te denken als wezens van de nacht. Het was niet zo gemakkelijk, de eeuwig troosteloze Vampiersberg was een moeilijke plek om te overleven als je niet het warme bloed van de vampiers had – maar ze hadden steun bij elkaar gezocht en hadden doorgezet, waarmee ze zelfs de bewondering oogsten van de Generaals die hen met wantrouwen hadden begroet.

Het zou ideaal zijn geweest als ze een aantal jaren hadden kunnen trainen om de manier van oorlogvoeren van de vampiers te leren. Maar tijd was kostbaar. De vampets groeiden in aantal, namen deel aan steeds meer gevechten en doodden steeds meer vampiers. Toen Debbie en Alice eenmaal de beginselen onder de knie hadden, gingen ze er met een klein groepje Generaals op uit om een provisorisch leger op te zetten. Debbie vertelde me dat Seba en Vanez ernaar verlangden met hen mee te gaan om een laatste keer het avontuur in de wereld buiten te proeven. Maar ze dienden de clan het best in de Vampiersberg, dus ze bleven, tot het einde loyale dienaars.

De deur van mijn kamer ging open en Alice stapte naar binnen. Alice Burgess was vroeger hoofdinspecteur van de politie en ze zag er nog strijdvaardiger uit dan Debbie. Ze was langer en breder, en haar spieren tekenden zich nog duidelijker af. Haar witte haar was heel kort geknipt, en hoewel ze een heel lichte huid had, was er niets zachts aan haar gelaat. Ze zag er net zo bleek en dodelijk uit als een sneeuwstorm. 'De politie doorzoekt de buurt,' zei Alice. 'Ze zullen hier binnen een uur zijn. Darren zal zich weer moeten verschuilen.'

Het gebouw was oud en was ooit als kerk gebruikt door een twijfelachtige priester. Hij had een aantal geheime kamers gecreëerd die bijna onmogelijk te vinden waren. Ze waren stoffig en ongemakkelijk, maar veilig. Ik had me al drie keer verscholen in een van die kamers om aan de zoektochten van de politie te ontkomen die nu in volle gang waren sinds het bloedbad in het stadion.

'Hebben jullie nog iets van Vancha gehoord?' vroeg ik terwijl ik rechtop ging zitten en de dekens van me afschoof.

'Nog niet,' zei Alice.

Vancha March was als tweede overgebleven jager de enige die afgezien van mij Steve mocht doden. Debbie en Alice hadden geen direct contact met de Prins, maar ze hadden een aantal jongere, moderner denkende Generaals uitgerust met mobiele telefoons. Een van hen zou uiteindelijk wel het bericht aan Vancha doorgeven over de situatie hier. Ik bad alleen maar dat het niet te laat zou zijn.

Het rekruteren van een leger bleek veel moeilijker dan het klonk. Geen vampier wist eigenlijk hoe de vampanezen de vampets bijeen hadden gebracht, maar we konden ons hun rekrutering wel voorstellen – zoek zwakke, gemene mensen en koop ze om met een belofte van macht. 'Kom bij ons en we leren je vechten en doden. We geven je bloed als de tijd er rijp voor is en we maken je sterker dan alle mensen. Als van een van ons leef je eeuwen. Alles wat je maar wilt, kan van jou zijn.'

Debbie en Alice stonden voor een veel moeilijker taak. Ze hadden goede mensen nodig die bereid waren aan de kant van het recht te vechten, die de dreiging van de vampets en hun meester herkenden en die het vooruitzicht niet wilden accepteren te leven in een wereld waar een bende moordenaars de nacht domineerde. Lage, hebzuchtige, slechte mensen waren gemakkelijk te vinden. Oprechte, bezorgde en zichzelf opofferende mensen waren veel moeilijker op te sporen.

Ze vonden er een paar onder de politie en soldaten – Alice had een heleboel contacten uit haar tijd bij het korps – maar dat stond in geen enkele verhouding tot de enorme dreiging van de vampets. Een halfjaar lang boekten ze weinig tot geen vooruitgang. Ze begonnen al te denken dat het tijdsverspilling was. Toen zag Debbie hoe ze verder moesten.

De vampanezen namen in aantal toe. Naarmate ze meer vampets rekruteerden, gaven ze meer bloed dan gewoonlijk aan assistenten, zodat hun aantal toenam om de Oorlog der Littekens met een geweldige overmacht te winnen. Aangezien ze actiever waren dan gewoonlijk, moesten ze meer bloed drinken om hun energieniveau op peil te houden. En als vampanezen bloed dronken, doodden ze.

Dus waar bleven alle lijken?

Vampanezen hadden het zeshonderd jaar overleefd

door voorzichtig te opereren als ze dronken, door nooit te veel mensen in één gebied te doden en door de lichamen van hun slachtoffers heel goed te verbergen. Ze waren niet met zo velen – nooit meer dan driehonderd voor het begin van de Oorlog der Littekens – en ze waren over de hele wereld verspreid. Het was betrekkelijk eenvoudig om hun bestaan geheim te houden voor de mensen.

Maar nu namen ze in aantal toe, dronken in groepen, doodden elke maand honderden mensen. Op geen enkele manier kon zo'n dodental voor het gewone publiek onopgemerkt blijven – tenzij ze dronken van mensen die officieel geen deel uitmaakten van dat publiek.

Zwervers. Minkukels. Vagebonden. Landlopers. De mens had tientallen namen voor daklozen, mensen zonder werk, zonder huis, zonder familie of veiligheid. Veel namen – maar van weinig belang. Daklozen waren irritant, een probleem, een doorn in het oog. Of 'gewone mensen' nu medelijden of walging voor hen voelden, of ze nu kleingeld gaven als ze iemand zagen bedelen of gewoon verder liepen, één ding verenigde de meeste mensen: ze wisten dat daklozen bestonden, maar slechts weinigen besteedden aandacht aan ze. Wie zou er in welke stad ook kunnen zeggen hoeveel thuislozen er op straat leven? Wie zou het weten als hun aantal afnam? Wie zou het wat kunnen schelen?

Het antwoord: bijna niemand. Behalve de daklozen zelf. Zij zouden weten dat er iets mis was. De daklozen zouden naar hen luisteren, zouden het probleem aanpakken en meevechten. En als het niet voor de vampiers was, dan wel voor zichzelf – zij waren het slachtoffer van de Oorlog der Littekens en zouden het ongenadig verliezen als de vampanezen triomfeerden. Dus Debbie, Alice en hun kleine groep Generaals brachten hun rekruteringstoespraken naar die uithoeken van de wereld waarvan de meeste mensen geen weet hadden. Ze gingen de straat op, de opvangtehuizen en missieposten in, trokken door de stegen die waren afgezet met ruwe bedden van kartonnen dozen en stapels kranten. Ze bewogen zich vrijelijk tussen de mensen van die andere wereld, stuitten op wantrouwen en gevaar terwijl ze hun boodschap verspreidden op zoek naar bondgenoten.

En ze vonden ze. Er bestond een geruchtencircuit onder de daklozen, zoals bij de vampiers. Hoewel de meesten geen telefoon hadden, hielden ze contact met elkaar. Het was verbazend hoe snel een gerucht rondging, en waar Alice en Debbie ook kwamen, ze vonden mensen die over de moorden hadden gehoord en wisten dat ze aangevallen werden, ook al hadden ze geen idee wie de aanvallers waren.

Debbie en Alice vertelden de mensen van de straat over de vampanezen. In het begin stuitten ze op scepsis, maar de vampiers bij hen steunden hen door hun krachten te demonstreren. In een paar steden hielpen ze vampanezen op te sporen en te doden. Het nieuws werd snel bekend en de laatste paar maanden hadden duizenden mensen van de straat zich verenigd met de zaak van de vampiers. De meesten waren nog niet opgeleid. Voorlopig dienden ze als ogen en oren, keken uit naar vampanezen en gaven berichten door over hun verplaatsingen. Ze hadden ook een naam gekozen – *vampirieten*.

Harkat hielp me uit bed en hinkte met mij mijn kamer uit, ging door de gang de trap af naar de benedenverdieping waar de verborgen kamers waren. Alice ging met ons mee om zich ervan te verzekeren dat alles in orde was. Onderweg kwamen we Declan tegen. Hij was aan de telefoon met een andere vampirietvesting en waarschuwde hen voor het politieonderzoek.

De Generaals bij Debbie en Alice verlieten hen uiteindelijk om de gevechten met de vampanezen te hervatten – iedereen was nodig in de Oorlog der Littekens. Een paar bleven contact houden en hadden om de twee maanden een ontmoeting om te zien hoe ver ze gevorderd waren. Maar het grootste deel van de tijd reisden de vrouwen van de schaduwen – zoals de vampirieten hen noemden – alleen en kozen ze plaatsen uit waar de vampanezen actief waren en koortsachtig rekruteerden.

Ze waren twee weken daarvoor in mijn geboortestad aangekomen. Er waren veel meldingen geweest over vampanezen hier, en er was al een bende vampirieten gevormd om ze te bestrijden. Debbie en Alice kwamen om het moreel op te krikken en ook om de mensen van de straat bewust te maken. De taak zat erop en ze maakten zich klaar om snel verder te trekken. Toen was ik verschenen, gewond en bloedend, en ze hadden hun plannen veranderd.

Ik wreef over mijn rechterschouder toen ik de geheime kamer binnenschuifelde. Alice had de pijlpunt eruit gehaald en me gehecht. De wond was keurig geheeld, maar hij prikte nog hevig en ik was nog lang niet helemaal hersteld.

Alice en Harkat verschoven de meubels die de ingang naar de geheime kamer achter in het huis aan het oog onttrokken. Toen drukte Alice op een geheim paneel en een deel van de muur gleed opzij waardoor een krappe cel te zien was. In een van de wanden was een heel zwak licht gemonteerd.

'Ze hebben het huis de laatste keer grondig doorzocht,' vertelde Alice me, terwijl ze controleerde of de kruik naast de matras met water was gevuld. 'Misschien moet je er weer heel lang blijven.'

'Het komt wel goed,' zei ik toen ik ging liggen.

'Hou je haaks,' hoorde ik Debbie schreeuwen toen Alice net het muurdeel wilde sluiten. Ze kwam naar de ingang gesneld met een kleine tas. 'Ik heb gewacht met dit aan jou te geven tot je sterk genoeg was. Het zal je helpen de tijd door te komen.'

'Wat is het?' vroeg ik, terwijl ik de tas aannam.

'Dat zul je wel zien,' antwoordde Debbie en wierp me een handkus toe. Ze stapte achteruit toen de cel werd afgesloten.

Ik wachtte ongeveer een minuut tot mijn ogen aan het vage licht waren gewend, stak mijn hand toen in de tas en haalde er een aantal opschrijfboekjes uit die samengebonden waren met een elastiek. Ik glimlachte – mijn dagboek! Ik was het helemaal vergeten. Toen ik terugdacht, herinnerde ik me dat ik de opschrijfboekjes aan Alice had gegeven voordat ik, inmiddels twee jaar geleden, met Harkat was vertrokken.

Ik trok het elastiek van de schrijfblokken, bladerde door het bovenste notitieblok, hield op, draaide het dagboek om en ging achttien jaar terug in de tijd voordat ik naar het Cirque du Freak glipte en meneer Crepsley ontmoette. Binnen een paar minuten ging ik helemaal op in het verleden en de uren vlogen voorbij, terwijl ik me concentreerde op mijn kriebelige schrift en me van niets anders meer bewust was.

Toen ik te horen kreeg dat alles veilig was, ging ik terug naar mijn kamer en was een paar dagen lang bezig met het bijwerken van mijn dagboek. Ik had snel mijn laatste aantekenblok vol, dus Debbie bracht me nieuw schrijfmateriaal.

Ik schreef alles op over mijn avonturen met Harkat in het verloren land dat het land van de toekomst leek te zijn. Ik beschreef mijn angsten dat de wereld misschien vernietigd zou worden, ongeacht wie de Oorlog der Littekens won, en dat ik op de een of andere manier misschien te maken zou hebben met de val van de mensheid. Ik vertelde over de ontdekking van Harkats werkelijke identiteit en de terugkeer naar huis. Een snel overzicht van onze meest recente reizen met het Cirque du Freak. Daarna het laatste wrede hoofdstuk waarin Tommy stierf en ik hoorde dat Steve een zoon had.

Ik had sinds die avond niet veel over Tommy nagedacht. Ik wist dat de politie de stad grondig doorzocht op zoek naar zijn moordenaars, en dat V.W. en Morgan James in het stadion acht mensen hadden gedood en nog veel meer verwond. Maar ik wist niet wat het gewone publiek van de moordenaars vond en of ik aangemerkt was als verdachte – misschien was Steve bezig mij dit alles in de schoenen te schuiven.

Ik vroeg Debbie me alle plaatselijke kranten te brengen van de afgelopen paar dagen. Er stonden slechte foto's in van V.W. (volledige vampiers konden niet gefotografeerd worden, maar het moleculaire systeem van V.W. was wellicht nog niet helemaal veranderd) en van Morgan James, maar geen foto van mij. Het incident buiten het stadion waarin ik aangevallen was, werd slechts aangestipt, maar de politie leek er niet veel belang aan te hechten of het in verband te brengen met de moorden in het stadion.

'Kende je hem goed?' vroeg Debbie, terwijl ze op een foto van de lachende Tommy Jones tikte. Ze zat op het voeteneinde van mijn bed naar me te kijken, terwijl ik de kranten las. Ze had tijdens mijn herstelperiode veel tijd bij me doorgebracht, om met me te praten en me te vertellen over haar leven.

'We waren heel goede vrienden toen we jong waren,' zei ik met een zucht.

'Denk je dat hij wist van Steve of de vampanezen?'

'Nee. Hij was een onschuldig slachtoffer. Dat weet ik zeker.'

'Maar hij heeft je toch gezegd dat hij je iets belangrijks wilde vertellen?'

Ik schudde mijn hoofd. 'Hij zei dat we nog een paar dingen over Steve moesten bespreken, maar hij zei niet precies wat. Ik denk niet dat het hier iets mee te maken had.'

'Het maakt me bang,' zei Debbie, terwijl ze de krant van me aanpakte en dichtvouwde.

'Ben je bang omdat ze Tommy hebben vermoord?' vroeg ik fronsend.

'Nee, omdat ze het voor de ogen van tienduizenden mensen hebben gedaan. Ze moeten barsten van zelfvertrouwen en geen enkele angst kennen. Een paar jaar geleden zouden ze het niet hebben gedurfd zo'n stunt uit te halen. Ze worden met de dag sterker.'

'Te veel zelfvertrouwen zou weleens hun ondergang kunnen worden,' gromde ik. 'Ze waren veiliger toen niemand van hen afwist. Zelfvertrouwen heeft hen in de openbaarheid gebracht, maar ze lijken te vergeten dat openbaarheid niet goed is voor de wezens van de nacht.'

Debbie legde de krant weg. 'Hoe is het met je schouder?' vroeg ze.

'Goed wel,' zei ik. 'Maar de hechtingen van Alice zijn beroerd. Dit wordt een vreselijk litteken als de wond genezen is.'

'De zoveelste voor je verzameling,' zei Debbie lachend. Haar glimlach verdween. 'Ik heb op je rug een nieuw diep litteken ontdekt. Heb je dat opgelopen toen je met Harkat weg was?'

Ik knikte en dacht terug aan de monsterlijke Groteske, dat hij me met een van zijn tanden tussen mijn schouderbladen te pakken had gekregen en een scherpe wond had gereten.

'Je hebt me nog steeds niet verteld wat er is gebeurd, of waar jullie naartoe zijn geweest,' zei Debbie.

Ik zuchtte. 'Daar hoeven we nu niet over te praten.'

'Maar jullie zijn erachtergekomen wie Harkat was?'

'Ja,' zei ik en liet de zaak verder met rust. Ik wilde

geen geheimen voor Debbie hebben, maar als die naargeestige, verloren wereld werkelijk de toekomst was, zag ik geen reden Debbie lastig te vallen met voorkennis erover.

Ik werd de volgende ochtend vroeg wakker met een verschrikkelijke hoofdpijn. Er was een smalle kier tussen de gordijnen, en hoewel er slechts een dun straaltje licht naar binnen viel, had ik het gevoel alsof een krachtige lichtstraal recht in mijn ogen scheen. Kreunend strompelde ik uit bed en trok de gordijnen dicht. Dat hielp, maar mijn hoofdpijn werd niet minder. Ik bleef zo stil mogelijk liggen en hoopte dat die over zou gaan.

Toen dat niet gebeurde, stapte ik weer uit bed met de bedoeling om naar beneden te gaan en een paar aspirines te pakken. Onderweg kwam ik Harkat tegen. Hij leunde tegen een muur en sliep, hoewel zijn ogen zonder oogleden – zoals altijd – wijd openstonden.

Ik was net een paar treden afgedaald toen ik werd overvallen door een golf van duizeligheid en ik viel. Ik greep naar de leuning en wist die te pakken voordat ik in elkaar zakte, en ik kwam halverwege de trap pijnlijk tot stilstand. Ik ging met bonkend hoofd rechtop zitten en keek verdwaasd om me heen. Ik vroeg me af of dit een gevolg was van mijn gewonde schouder. Ik probeerde om hulp te schreeuwen, maar ik kon alleen maar een schor gekras uitbrengen.

Een tijdje later, terwijl ik op de trap lag en mijn krachten verzamelde om terug te kruipen naar mijn kamer, kwam Debbie boven langs de trap. Ze zag me en bleef staan. Ik tilde mijn hoofd op om haar te roepen, maar weer kon ik alleen maar een verstikt, schor geluid uitbrengen.

'Declan?' vroeg Debbie, terwijl ze een stap naar voren deed. 'Wat ben je aan het doen? Je hebt toch niet weer gedronken, hè?'

Ik fronste mijn voorhoofd. Waarom had ze me verward met Declan? We leken helemaal niet op elkaar.

Terwijl Debbie naar beneden kwam om te helpen, besefte ze dat ik niet de zwerver was. Ze bleef staan en was op haar hoede. 'Wie ben je?' snauwde ze. 'Wat doe je hier?'

'Ik... ben het,' hijgde ik, maar ze hoorde het niet.

'Alice!' schreeuwde Debbie. 'Harkat!'

Op haar geschreeuw kwamen Alice en Harkat aanrennen en gingen bij haar boven aan de trap staan. 'Is het een van de vrienden van Declan of van Kleine Kenny?' vroeg Alice.

'Volgens mij niet,' zei Debbie.

'Wie ben je?' vroeg Alice uitdagend. 'Zeg op, of...'

'Wacht,' onderbrak Harkat hen. Hij stapte langs de vrouwen heen en staarde me intens aan, trok toen een grimas. 'Alsof we al niet genoeg problemen... hebben!' Hij haastte zich de trap af. 'Het is in orde,' zei hij tegen Alice en Debbie toen hij me optilde. 'Het is Darren.'

'Dárren?' riep Debbie uit. 'Maar hij is helemaal behaard.'

En ik besefte waarom ze me niet hadden herkend. In één nacht tijd was mijn haar gegroeid en had ik een baard gekregen. 'De reiniging,' piepte ik.

'De tweede fase.' Harkat knikte. 'Je weet wat dit... betekent?'

Ja. Het betekende dat mijn tijd als halfvampier er bijna op zat. Binnen een paar weken zou het vampiersbloed in mijn aderen al mijn menselijke cellen veranderd hebben en zou ik een echte, nacht omarmend, zonlicht vrezend wezen van de duisternis worden.

Ik legde de reiniging aan Debbie en Alice uit. Mijn vampierscellen vielen mijn menselijke cellen aan en zetten die om. Binnen een paar weken zou ik een volledige vampier zijn. Ondertussen zou mijn lichaam snel volwassen worden en allerlei ongemakken doormaken. Afgezien van het haar zouden al mijn zintuigen van de kook raken. Ik zou hoofdpijn krijgen. Ik zou mijn ogen moeten bedekken en mijn neus en oren moeten dichtstoppen. Mijn smaak zou verdwijnen. Ik zou te maken krijgen met plotselinge uitbarstingen van energie en daarna van verlies van kracht.

'Het is wel een verschrikkelijk moment,' zei ik later die dag klaaglijk tegen Debbie. Harkat en Alice waren elders in het huis bezig, terwijl Debbie me hielp mijn haar te knippen en me te scheren.

'Wat is er zo slecht aan?' vroeg ze.

'Ik ben kwetsbaar,' zei ik. 'Mijn hoofd bonkt. Ik kan niet goed zien, horen of ruiken. Ik weet niet hoe mijn lichaam van het ene op het andere moment zal reageren. Als we in de nabije toekomst in gevecht raken met de vampanezen, kun je niet op mij vertrouwen.'

'Maar je bent tijdens de reiniging toch sterker dan normaal?'

'Soms. Maar die kracht kan plotseling verdwijnen,

waardoor ik zwak en hulpeloos word. En op geen enkele manier valt te voorspellen wanneer dat gebeurt.

'En daarna?' vroeg Debbie, terwijl ze mijn pony knipte. 'Word je dan een volledige vampier?'

'Ja.'

'Je kunt dan flitten en telepathisch communiceren met andere vampiers?'

'Niet direct,' zei ik tegen haar. 'De vaardigheid is er dan wel, maar ik zal die moeten ontwikkelen. Ik zal de komende paar jaar heel wat moeten leren.'

'Je klinkt niet al te gelukkig,' merkte Debbie op.

Ik trok een gezicht. 'In veel opzichten ben ik blij – eindelijk zal ik een echte vampier zijn, zoals een Prins betaamt. Ik heb me altijd onhandig gevoeld door als halfvampier zoveel macht te hebben. Aan de andere kant krijg ik te maken met het einde van een manier van leven. Geen zonlicht meer en niet meer in staat zijn om voor een mens door te gaan. Sinds ik bloed heb gekregen, heb ik kunnen genieten van het beste van beide werelden. Nu zal ik een van die werelden voor altijd moeten verlaten – de wereld van de mensen.' Ik zuchtte triest.

Debbie dacht er zwijgend over na, terwijl ze mijn haar bijknipte. Toen zei ze rustig: 'Maar uiteindelijk ben je volwassen, hè?'

'Ja,' snoof ik. 'Dat is ook zo'n verandering waar ik niet zeker van ben. Ik ben het grootste deel van dertig jaar kind of tiener geweest. Om dat in een paar weken ineens achter me te laten... Dat voelt heel vreemd.'

'Maar heerlijk,' zei Debbie. Ze hield op met knippen en ging voor me staan. 'Weet je nog dat je me een paar jaar geleden probeerde te kussen?'

'Ja,' zei ik met een grimas. 'Toen probeerde ik me voor te doen als leerling en jij was mijn lerares. Jij ging uit je dak en stuurde me je flat uit.'

'Zeer terecht,' zei Debbie grijnzend. 'Als lerares – een volwassene – zou het voor mij verkeerd zijn geweest me in te laten met een kind. Toen kon ik je niet kussen en nu kan ik je niet kussen. Ik zou het heel verkeerd vinden om een jongen te kussen.' Haar grijns veranderde subtiel en geheimzinnig. 'Maar over een paar weken ben je geen jongen meer. Dan ben je een man.'

'O,' zei ik, terwijl ik erover nadacht. Toen veranderde mijn uitdrukking en ik keek naar Debbie op met een nieuw begrip en hoop en pakte zacht haar hand.

Een voordeel van de reiniging was dat mijn wond snel heelde en dat ik mijn kracht terugkreeg. Een paar dagen later had ik bijna weer mijn volledige fysieke fitheid terug, op mijn hoofdpijnen en groeipijnen na.

Ik was me aan het opdrukken op de vloer van mijn slaapkamer om iets van de overdaad aan energie kwijt te raken, toen ik Debbie beneden hoorde gillen. Ik hield onmiddellijk op en wisselde een bezorgde blik met Harkat die op wacht stond bij de deur. Ik haastte me naar hem toe en trok een van de doppen uit mijn oren die ik droeg om het ergste straatlawaai buiten te sluiten.

'Moeten we naar beneden?' vroeg Harkat, terwijl hij de deur op een kier opende. We hoorden Debbie opgewonden praten, en terwijl we luisterden, voegde Alice zich bij haar en begon ook heel snel te praten. 'Ik denk niet dat er iets aan de hand is,' zei ik fronsend. 'Ze lijken vrolijk, alsof een oude vriend...' Ik zweeg en sloeg me tegen mijn voorhoofd. Harkat lachte en allebei zeiden we tegelijkertijd: '*Vancha!*'

We gooiden de deur wijdopen, denderden de trap af en troffen Debbie en Alice beneden in gesprek met een potige groenharige man met een rode huid, gehuld in paarse dierenvellen en blootsvoets, met riemen vol scherpe werpsterren – shurikens – die in lussen om zijn bovenlichaam gewikkeld waren.

'Vancha!' schreeuwde ik blij, terwijl ik zijn armen greep en stevig kneep.

'Het is goed je weer te zien, Heer,' zei Vancha verrassend beleefd. Toen begon hij te grijnzen en omhelsde me stevig. 'Darren!' dreunde hij. 'Ik heb je gemist!' Hij draaide zich om naar Harkat en lachte. 'Jou ook, lelijkerd.'

'Moet je zien wie het zegt!' zei Harkat grinnikend.

'Het is natuurlijk fantastisch om jullie allebei te zien, maar het gelukkigst ben ik door deze dames,' zei Vancha, terwijl hij me losliet en een knipoog gaf aan Debbie en Alice. 'Wij, warmbloedige mannen, leven voor het vrouwelijk schoon, nietwaar?'

'Hij is een geboren vleier,' zei Alice hooghartig. 'Ik wed dat hij dat tegen elke vrouw zegt die hij ontmoet.'

'Natuurlijk,' bromde Vancha, 'omdat alle vrouwen op een eigen manier mooi zijn. Maar jij bent mooier dan de meesten, schat – een engel van de nacht.'

Alice snoof vol minachting, maar rond haar mondhoeken speelde een vreemde glimlach. Vancha stak zijn armen in die van Debbie en Alice en leidde ons naar de woonkamer, alsof dit zijn huis was en wij zijn gasten. Hij ging zitten, maakte het zich gemakkelijk en zei tegen Debbie dat ze wat eten moest halen. Ze zei tegen hem – in niet mis te verstane bewoordingen – dat hij zolang hij hier was zelf dingen kon halen, en hij lachte opgetogen.

Het was verfrissend om te zien dat de Oorlog der Littekens Vancha March niet had veranderd. Hij was net zo luidruchtig en druk als altijd. Hij bracht ons op de hoogte van zijn laatste omzwervingen, de landen die hij had verkend, de vampanezen en vampets die hij had gedood en deed het klinken als een groot, opwindend avontuur, zonder alle consequenties van dien.

'Toen ik hoorde dat Leonard hier was, ben ik zo snel mogelijk gekomen,' eindigde Vancha. 'Ik ben zonder rust komen flitten. Ik heb hem toch niet gemist, hè?'

'Dat weten we niet,' zei ik. 'We hebben niet meer van hem gehoord sinds de avond dat hij probeerde me te doden.'

'Maar wat voel je vanbinnen?' vroeg Vancha, terwijl zijn grote ogen zwaar op me bleven rusten en zijn kleine mond was gesloten tot een strakke, verwachtingsvolle lijn.

'Hij is hier,' zei ik zacht. 'Hij wacht op me – op ons. Ik denk dat hier de profetie van meneer Tiny zal worden getest. We komen hem tegen in deze straten – of eronder – en we doden hem of hij doodt ons. En dat zal het einde zijn van de Oorlog der Littekens. Behalve...'

'Wat?' vroeg Vancha toen ik stopte.

'Er zou een laatste confrontatie komen. Vier keer zouden onze wegen die van hem kruisen. Toen ik pas geleden aan zijn genade was overgeleverd, was dat de vierde keer, maar we leven allebei nog. Misschien had meneer Tiny het mis. Misschien gaat zijn profetie verder niet meer op.'

Vancha dacht erover na. 'Misschien heb je gelijk,' zei

hij onzeker. 'Maar hoezeer ik Des Tiny ook veracht, ik moet toegeven dat hij niet zo vaak fouten maakt wat zijn profetieën betreft – eigenlijk nooit voor zover ik heb gehoord. Hij vertelde je dat wíj vier kansen zouden krijgen om Leonard te doden, hè?' Ik knikte. 'Misschien moeten we er dan allebei bij zijn. Misschien telde die ontmoeting van jou in je eentje niet.'

'Het zou wel geteld hebben als hij me gedood had,' gromde ik.

'Maar dat heeft hij niet gedaan,' zei Vancha. 'Misschien kon hij het niet. Misschien was het gewoon zijn noodlot niet.'

'Als je gelijk hebt, betekent dat dat we hem weer tegen het lijf zullen lopen,' zei ik.

'Ja,' zei Vancha, 'een gevecht tot op de dood. Behalve dat hij, als hij wint, niet ons allebei zal doden. Volgens Evanna zou een van ons het overleven als we verloren.' Evanna was een heks, de dochter van meneer Tiny. Ik was dat deel van de profetie bijna vergeten. Als Steve won, zou hij een van ons in leven laten om getuige te zijn van de ondergang van de clan.

Er volgde een lange, drukkende stilte toen we nadachten over de profetie en de gevaren die voor ons lagen. Vancha verbrak de stilte door hard in zijn handen te klappen. 'Genoeg teloorgang en treurnis! Hoe ging het met jullie?' Hij knikte naar Harkat en mij. 'Hoe is jullie zoektocht verlopen? Weten we wie Harkat vroeger was?'

'Ja,' zei Harkat. Hij wierp een blik op Debbie en

Alice. 'Ik wil niet grof zijn, maar zouden jullie ons... even alleen willen laten?'

'Is dit mannen onder elkaar?' vroeg Alice spottend.

'Nee,' zei Harkat grinnikend. 'Het is Prinsen onder elkaar.'

'We zijn boven,' zei Debbie. 'Roep ons als jullie klaar zijn.'

Vancha stond op en maakte een buiging terwijl de dames vertrokken. Toen hij weer ging zitten, stond zijn gezicht nieuwsgierig. 'Waarom dat geheime gedoe?' vroeg hij.

'Het gaat om wie ik was,' zei Harkat, 'en waar we... achter de waarheid zijn gekomen. We denken dat we dit alleen maar moeten bespreken in aanwezigheid... van een Prins.'

'Intrigerend,' zei Vancha, terwijl hij zich gretig naar voren boog.

We gaven Vancha een snel verslag van onze zoektocht door het verloren land, de wezens met wie we gevochten hadden, de ontmoeting met Evanna, de krankzinnige zeeman – Spits Abrams – en de draken. Hij zei niets, maar luisterde geboeid. Toen we hem vertelden over Kurda Smahlt die we uit het Dodenmeer hadden getrokken, viel Vancha's mond wijdopen.

'Maar dat kan niet!' wierp hij tegen. 'Harkat leefde al toen Kurda stierf.'

'Meneer Tiny kan door de tijd reizen,' zei ik. 'Hij heeft Harkat gecreëerd uit de stoffelijke resten van Kurda, bracht hem daarna naar het verleden, zodat hij me kon dienen als mijn beschermer.'

Vancha knipperde langzaam met zijn ogen. Toen betrok zijn gezicht van woede – en angst. 'Die verrekte Desmond Tiny! Ik heb altijd al geweten dat hij machtig was, maar om met de tijd te kunnen knoeien... Wat voor duivels beest is dat?'

Het was een retorische vraag, dus we namen niet de moeite er antwoord op te geven. Maar we eindigden met hem te vertellen dat Kurda had besloten zichzelf op te offeren – hij en Harkat deelden één ziel, zodat op een bepaalde tijd slechts een van hen kon leven – waardoor we vrij waren terug te keren naar het heden.

'Het héden?' snauwde Vancha. 'Wat bedoel je?'

Harkat vertelde hem over onze theorie – dat het verloren land de toekomst was. Toen hij dat hoorde, trilde Vancha alsof een koude wind dwars door hem sneed. 'Ik heb nooit gedacht dat de Oorlog der Littekens zo van invloed zou zijn,' zei hij zacht. 'Ik wist dat onze toekomst ervan afhing, maar ik heb nooit gedroomd dat we de mensheid zouden kunnen meeslepen in ons verderf.' Hij schudde zijn hoofd en wendde zich af. 'Ik moet hier over nadenken,' mompelde hij.

Harkat en ik zeiden niets terwijl Vancha bij zichzelf te rade ging. Er gingen minuten voorbij. Een kwartier. Een halfuur. Ten slotte slaakte hij een diepe zucht en draaide zich weer naar ons om. 'Dit zijn beroerde berichten,' zei hij. 'Maar misschien niet zo beroerd als ze lijken. Van wat jullie me hebben verteld, geloof ik dat Tiny jullie inderdaad naar de toekomst heeft overgebracht. Maar ik geloof ook, dat hij het niet zonder goede reden gedaan zou hebben. Misschien heeft hij alleen maar de spot met jullie willen drijven, maar misschien is het ook een waarschuwing geweest.

'Met die verrekte toekomst zullen we te maken krijgen als we de Oorlog der Littekens verliezen. Steve Leonard is van het soort dat de wereld platgooit en alleen maar puinhopen achterlaat. Maar als wij winnen, kunnen we dat voorkomen. Toen Tiny naar de Vampiersberg kwam, vertelde hij ons toch dat er twee mogelijke toekomsten waren? Eén waarin de vampanezen winnen en één waarin de vampiers winnen. Volgens mij gaf Tiny jullie een glimp van de eerste toekomst, om het punt te benadrukken dat we de oorlog móéten winnen. We vechten niet alleen voor onszelf – we doen het voor de hele wereld. De verloren wereld is één toekomst – ik weet zeker dat de wereld wanneer wij hebben gewonnen er heel anders uit zal zien.

'Dat lijkt logisch,' beaamde Harkat. 'Als momenteel beide toekomsten bestaan... was het hem misschien mogelijk om te kiezen naar welke... hij ons zou brengen.'

'Misschien,' zei ik zuchtend, niet overtuigd. Ik dacht weer aan het visioen dat ik had gehad, kort nadat we Evanna leerden kennen toen Harkat werd geplaagd door nachtmerries. Evanna had me geholpen die te stoppen door mij zijn dromen in te sturen. In die droom was ik tegenover een immense kracht komen te staan: de Heer van het duister. Evanna vertelde me toen dat deze heer van het kwaad deel uitmaakte van de toekomst, en dat de weg daar was geplaveid met dode zielen. Ze had me ook verteld dat twee mensen de Heer van het duister konden zijn – Steve Leopard of ik.

De onzekerheden kwamen weer terug. Het lukte me niet het gezichtspunt van Vancha en Harkat te delen dat één toekomst helder en vrolijk was en de andere donker en ellendig. Ik had het gevoel dat we op weg waren naar een gigantische narigheid, naar welke kant de Oorlog der Littekens ook doorsloeg. Maar ik hield mijn mening voor me – ik wilde niet overkomen als een doemdenker.

'Dus!' lachte Vancha, waardoor ik uit mijn duistere gedachten opschrok. 'We moeten er alleen maar voor zorgen dat we Steve Leopard doden, ja?'

'Ja,' zei ik, naargeestig lachend.

'En ik?' vroeg Harkat. 'Verandert het jouw mening over mij... nu je weet dat ik toen een verrader van de vampiers was?'

'Nee,' zei Vancha. 'Ik heb je toch al nooit gemogen.' Hij spoog in zijn rechterhand en veegde het speeksel door zijn haar, gaf daarna een knipoog om aan te geven dat hij een grap maakte. 'Nu even serieus, je had gelijk dat je het verhaal niet aan iedereen wilde vertellen. We houden het voor ons. Ik heb altijd geloofd dat Kurda, hoewel hij stom heeft gehandeld, het deed met de beste bedoelingen. Maar er zijn er een heleboel die dat standpunt niet delen. Als zij de waarheid over je zouden weten, zou het hen kunnen verdelen. En verdeeldheid kunnen we helemaal niet gebruiken. Daarmee zouden we de vampanezen direct in de kaart spelen.

'En wat Harkat van nu betreft...' Vancha bestudeerde de Kleine Mens. 'Ik ken je en ik vertrouw je. Ik geloof dat je geleerd hebt van Kurda's fouten. Je zult ons niet meer verraden, hè, Harkat?'

'Nee,' zei Harkat zacht. 'Maar ik ben nog altijd voor een verdrag... tussen beide clans. Als ik kan helpen om dat op vredelievende... wijze ter sprake te brengen door te praten, doe ik dat. Deze oorlog der Littekens vernietigt... beide families van de nacht, en dreigt nog veel meer... te vernietigen.'

'Maar je erkent wel de noodzaak om te vechten,' zei Vancha scherp.

'Ik erken de noodzaak Steve Leonard... te doden,' zei Harkat. 'Daarna zet ik me in voor de vrede... als het kan. Maar openlijk... deze keer zonder samenzwering... of intrige.'

Vancha dacht er zwijgend over na en haalde zijn schouders op. 'Laat het zo zijn. Ik heb persoonlijk niets tegen de vampanezen. Als we Leonard doden en ze stemmen toe in een wapenstilstand, ben ik er helemaal voor. Goed,' vervolgde hij, terwijl hij zijn kin krabde, 'waar denk je dat Leonard zich verborgen houdt?'

'Waarschijnlijk ergens diep onder de grond,' zei ik.

'Denk je dat hij een enorme val aan het voorbereiden is, zoals hij eerder heeft gedaan?' vroeg Vancha.

'Nee,' zei Harkat. 'Vampanezen zijn hier actief geweest. Daarom zijn Debbie en Alice gekomen. Maar als ze met tientallen waren gekomen, zoals... de laatste keer, zou het dodental veel hoger zijn geweest. Ik denk dat Steve net zoveel... vampanezen bij zich heeft als toen we tegenover hem kwamen te staan... in de Spelonk der Vergelding.'

'Ik hoop dat je gelijk hebt,' zei Vancha. Hij keek me zijdelings aan. 'Hoe zag mijn broer eruit?' Vancha en Gannen waren van elkaar vervreemde broers.

'Vermoeid,' zei ik. 'Gespannen. Ongelukkig.'

'Het waarom is niet zo moeilijk voor te stellen,' gromde Vancha. 'Ik zal nooit begrijpen waarom Gannen en de anderen een maniak als Leonard achterna zijn gelopen. De vampanezen waren tevreden met hun leven. Ze waren er niet op uit om de vampiers te verpletteren of om een oorlog uit te lokken. Voor hen slaat het nergens op om zich aan te sluiten bij die duivel.'

'Het maakt onderdeel uit van de profetie van meneer Tiny,' zei Harkat. 'Als Kurda heb ik veel tijd doorgebracht met... de vampanezen, en ik heb hun manier van leven bestudeerd. Je weet van hun Kist van Vuur. Als iemand erin gaat liggen, vult die... zich met vlammen. Gewone mensen sterven als ze het doen. Alleen de Heer der Vampanezen kan... het overleven. Meneer Tiny heeft de vampanezen verteld dat zij... als ze die persoon niet zouden gehoorzamen en niet alles zouden doen wat hij hun opdroeg... van het aangezicht van de aarde zouden worden weggevaagd. De meeste vampanezen vechten uit lijfsbehoud... niet om de vampiers te vernietigen.'

Vancha knikte langzaam. 'Dan zijn ze gemotiveerd door de angst voor hun leven, niet door hun haat jegens ons. Ik begrijp het nu. Bovendien, is dat niet ook de reden dat wij vechten – om onszelf te redden?'

'Beide kanten vechten om dezelfde reden,' grinnikte

Harkat zonder humor. 'Allemaal doodsbang voor...
hetzelfde. Natuurlijk, als we geen van beiden vochten... zou iedereen veilig zijn. Meneer Tiny houdt de
wezens van de nacht voor dwazen, en wij helpen hem.'
'Ja,' gromde Vancha walgend. 'Maar het heeft geen
zin om te jammeren, over hoe we in deze rampzalige
situatie terecht zijn gekomen. Het feit is dat we vechten omdat we wel moeten.'
Vancha ging staan en rekte zich uit. Er zaten donkere kringen onder zijn ogen. Hij zag eruit als een man
die al heel lang niet goed geslapen had. De laatste
twee jaren moesten moeilijk voor hem zijn geweest.
Hoewel hij meneer Crepsley niet had genoemd, wist
ik dat de dode vampier nooit ver uit zijn gedachten
was. Vancha voelde zich waarschijnlijk, net als ik, in
zekere zin schuldig – wij hadden ons allebei akkoord
verklaard dat meneer Crepsley het op zou nemen tegen de Heer der Vampanezen. Als een van ons zijn
plaats had ingenomen, zou hij nu nog in leven zijn.
Het leek of Vancha tot het uiterste was gegaan in zijn
jacht op de Heer der Vampanezen en nu nagenoeg gesloopt was.
'Je moet rusten, Heer,' zei ik. 'Als je de hele weg hierheen hebt geflit, zul je wel uitgeput zijn.'
'Ik rust pas als Leonard dood is,' gromde Vancha. 'Of
ik,' voegde hij er heel zacht aan toe. Ik denk niet dat
hij besefte dat wij het hadden verstaan. 'Goed,' zei
Vancha, terwijl hij zijn stem verhief. 'Genoeg zelfme-
delijden en ellende. Wij zijn hier en Leonard is hier
– er is geen genie voor nodig om te zien dat er een
ouderwetse afspraak met de dood op de agenda staat.

De vraag is, wachten we tot hij naar ons toe komt, of nemen wij het initiatief en gaan naar hem op zoek?'

'We zouden niet weten waar we moesten... zoeken,' zei Harkat, 'Hij kan overal zitten.'

'Dan zoeken we overal.' Vancha grijnsde. 'Maar waar beginnen we? Darren?'

'Zijn zoon,' zei ik onmiddellijk. 'Darius is een ongebruikelijke naam. Daar kunnen er niet veel van zijn. We vragen rond, vinden uit waar hij woont en sporen Steve via hem op.'

'Gebruik de zoon om de vader te pakken,' neuriede Vancha. 'Oneervol, maar waarschijnlijk de beste manier.' Hij zweeg even. 'De jongen baart me zorgen. Leonard is een gemeen stuk vreten, een enorme vijand. Maar als zijn zoon hetzelfde kwade bloed heeft en sinds zijn geboorte getraind is in Leonards geslepen manier van doen, zou hij weleens erger kunnen zijn.'

'Daar ben ik het mee eens,' zei ik kalm.

'Kun jij een kind doden, Darren?' vroeg Vancha.

'Ik weet het niet,' zei ik, niet in staat hem in de ogen te kijken. 'Ik denk het niet. Hopelijk komt het niet zo ver.'

'Aan hopelijk heb je niets,' wierp Harkat tegen. 'Het is fout om achter de jongen aan te gaan. Alleen maar omdat Steve geen moraal heeft, wil niet... zeggen dat wij ons ook als barbaren moeten gedragen. Kinderen moeten hier... buiten worden gehouden.'

'Wat is dan jouw voorstel?' vroeg Vancha.

'We zouden terug moeten gaan naar... het Cirque du Freak,' zei Harkat. 'Misschien kan Hibernius ons meer vertellen... over wat we moeten doen. Zelfs als hij ons niet kan helpen, weet Steve waar het circus zijn tenten... heeft opgeslagen. Hij zal ons dan daar vinden. We kunnen hem opwachten.'

'Het bevalt me niets om als mak lam te blijven afwachten tot we aangevallen worden,' gromde Vancha. 'Ga jij liever achter kinderen aan?' kaatste Harkat terug.

Vancha verstrakte, en ontspande zich weer. 'Misschien heeft zonder-oren een punt,' zei hij. 'Het kan zeker geen kwaad om Hibernius naar zijn mening te vragen.'

'Goed,' zei ik. 'Maar we wachten op de nacht – mijn ogen kunnen niet tegen de zon.'

Dus daarom zitten je oren en neus zo dichtgepropt!' zei Vancha lachend. 'De reiniging?'

'Ja. Die sloeg een paar dagen geleden toe.'

'Ben je in staat je eigen gewicht te torsen,' vroeg Vancha direct, 'of moeten we wachten tot het voorbij is?'

'Ik zal mijn best doen,' zei ik. 'Ik kan niets garanderen, maar ik denk dat het mij wel zal lukken.'

'Goed dan.' Vancha knikte naar het plafond. 'Hoe staat het met de dames? Vertellen we hun wat we gaan doen?'

'Niet alles,' zei ik. 'We nemen ze mee naar het Cirque du Freak en vertellen hun dat we op jacht zijn naar Steve. Maar laten we Darius niet noemen. Debbie moet waarschijnlijk niets hebben van ons plan een kind te gebruiken.'

Harkat snoof maar zei niets. We riepen Debbie en Alice erbij en brachten de middag rustig door met

eten, drinken en praten, met het uitwisselen van verhalen, met lachen en ontspannen. Ik merkte dat
Vancha tijdens een stil moment rondkeek, alsof hij iemand zocht. Ik zette het toen van me af, maar nu weet
ik dat hij zocht naar de *dood*. Van ons allen voelde
alleen Vancha die dag in de kamer de aanwezigheid
van de dood, die met zijn eeuwige blik van de een
naar de andere keek, zoekend... wachtend... kiezend.

We vertrokken toen de avond viel. Declan en Kleine Kenny namen afscheid van ons. Ze installeerden zich in de woonkamer, de mobiele telefoons voor zich als zwaarden. De vampirieten van Debbie en Alice hadden sinds de slachting in het stadion de stad doorzocht op sporen van Steve en andere vampanezen. Declan en Kleine Kenny zouden in afwezigheid van de dames de zoektocht coördineren.

'Je hebt onze nummers,' zei Alice tegen Declan toen we vertrokken. 'Bel het als je iets te melden hebt, hoe nietszeggend het misschien ook lijkt.'

'Doen we,' zei Declan grijnzend, terwijl hij onhandig salueerde.

'Probeer deze keer niet weer neergeschoten te worden,' zei Kleine Kenny tegen me met een knipoog.

Alice en Debbie hadden een busje gehuurd. We klommen erin, Harkat en Vancha achterin, bedekt door een aantal dekens.

'Als we door de politie staande worden gehouden en ze doorzoeken de bus, zullen jullie moeten zien uit te breken,' zei Alice tegen hen. 'Wij doen alsof we niet weten dat jullie er zitten. Op die manier is het gemakkelijker.'

'Je bedoelt dat jij de onschuldige speelt en ons gewoon in de uitverkoop doet,' gromde Vancha.

'Precies,' zei Alice.

Ook al was het avond en was de maan slechts halfvol, ik droeg een zonnebril. Mijn ogen waren die avond heel gevoelig en ik had een barstende koppijn. Ik droeg ook oordoppen en had kleine proppen watten in mijn neus gestopt.

'Misschien moet jij achterblijven,' zei Debbie die mijn ongemak zag toen Alice de motor startte.

'Met mij is het prima,' kreunde ik, terwijl ik mijn ogen samenkneep tegen het schijnsel van de koplampen en ineenkromp door het gerommel van de motor.

'We zouden kunnen lopen,' zei Alice, 'maar dan worden we waarschijnlijk veel eerder staande gehouden en gefouilleerd.'

'Met mij is het prima,' zei ik weer, terwijl ik ineenzakte op mijn stoel. 'Alleen niet toeteren.'

Tijdens de rit naar het oude stadion waar het Cirque du Freak zijn kamp had opgeslagen gebeurde niets. We kwamen langs twee controleposten, maar mochten ongehinderd doorrijden. Als we er een naderden, zette ik mijn zonnebril af en verwijderde de oordoppen en neusproppen om geen achterdocht te wekken. Alice parkeerde buiten het stadion. We lieten Harkat en Vancha uitstappen en wandelden naar binnen.

Een grote grijns verscheen op mijn gezicht op het moment dat ik de tenten en woonwagens zag – het was goed om weer thuis te zijn. Toen we uit de tunnel kwamen en naar het kampement liepen, werden we opgemerkt door een groep spelende kinderen aan de rand van het kamp. Eén ging staan en bekeek ons voorzichtig, kwam toen op ons af gerend en gilde: 'Peetvader! Peetvader!'

'Niet zo hard,' zei ik lachend, terwijl ik Shancus opving die opsprong om me te begroeten. Ik omhelsde de slangenjongen en duwde hem toen van me af – mijn huid prikte als gevolg van de reiniging en elke vorm van contact irriteerde me.

'Waarom heb je een zonnebril op?' Shancus fronste zijn voorhoofd. 'Het is avond.'

'Jij bent zo lelijk, dat ik alleen maar met bescherming naar je kan kijken,' zei ik.

'Leuk hoor,' snoof hij, stak vervolgens zijn hand uit, plukte de watten uit mijn linkerneusgat, bekeek die, stak ze terug en zei: 'Je ziet er raar uit.' Hij keek achter me naar Vancha, Debbie en Alice. 'Ik herinner me jullie nog wel,' zei hij. 'Maar niet zo goed. Ik was nog maar heel klein toen ik jullie de laatste keer zag.' Glimlachend stelde ik iedereen voor.

'O, ja,' zei Shancus toen ik Debbies naam noemde. 'Jij bent het liefje van Darren.'

Ik sputterde van schaamte en bloosde dieprood.

Debbie lachte alleen maar en zei: 'O ja? Wie heeft jou dat gezegd?'

'Ik heb pa en ma over jullie horen praten. Pa kent je van toen je Darren net leerde kennen. Hij zei dat Darrens ogen uit zijn hoofd puilden als jij in de buurt was. Hij...'

'Dat is wel genoeg,' onderbrak ik hem, terwijl ik wenste dat ik hem kon wurgen. 'Waarom laat je de dames niet zien hoe je je tong in je neus kunt steken?'

Dat leidde hem af en hij begon zich uit te sloven. Hij vertelde Alice en Debbie over de act die hij samen met Evra op het toneel deed. Ik zag Debbie zijdelings naar me glimlachen. Ik lachte zwakjes terug.

'Is Truska nog bij het circus?' vroeg Vancha.

'Ja,' zei Shancus.

'Ik zal haar straks opzoeken,' mompelde Vancha, terwijl hij een handvol spuug gebruikte om zijn groene haar naar achteren te strijken. De lelijke, smerige Prins zag zichzelf als een enorme vrouwenman – ook al was geen enkele vrouw het met hem eens.

'Is meneer Tall in zijn bus?' vroeg Harkat aan Shancus.

'Ik denk het,' zei Shancus. Toen wierp hij een blik op Debbie en Alice en kwam overeind. 'Ga mee,' zei hij gedienstig, ík zal jullie naar hem toe brengen.'

Wij liepen met ons vijven achter de slangenjongen aan terwijl hij ons door het kamp voorging. Hij bleef al lopend commentaar geven en vertelde Debbie en Alice van wie de verschillende tenten en wagens waren en gaf hun een overzicht van de voorstelling van die avond.

Toen we de bus van meneer Tall naderden, kwamen we langs Evra, Merla en Urcha. Ze hadden de slangen van de familie in grote tobbes met water gedaan en waren ze voorzichtig aan het schrobben. Evra was opgetogen toen hij me zag en kwam aangerend om te kijken of ik weer helemaal in orde was. 'Ik wilde op bezoek komen,' zei hij, 'maar Hibernius vertelde me dat het niet zo'n goed idee was. Hij zei dat ik misschien gevolgd zou worden.'

'Wordt het circus in de gaten gehouden?' onderbrak Vancha hem, terwijl hij zijn ogen samenkneep.

Hij heeft het niet met zoveel woorden gezegd,' zei Evra. 'Maar de laatste tijd heb ik een paar keer ogen in mijn rug gevoeld, 's avonds laat, als ik wat rondliep. Ik ben niet de enige. We zijn allemaal nogal nerveus de laatste tijd.'

'Misschien hadden we niet... terug moeten komen,' zei Harkat bezorgd.

'Te laat,' zei Vancha geïrriteerd. 'Laten we eens gaan kijken wat Hibernius te vertellen heeft.'

Merla greep Shancus toen hij weer voorop wilde gaan. 'Nee, dat doe je niet,' zei ze. 'Je moet je voorbereiden op de voorstelling. Je hoeft niet van mij te verwachten dat ik altijd maar je slang blijf verzorgen als je met je vriendjes wilt gaan spelen.'

'Au, mam!' gromde Shancus, maar Merla stopte een spons in Shancus' hand en sleepte hem naar de slang die ik voor zijn verjaardag had gekocht.

'Ik zie je straks weer,' zei ik lachend, terwijl ik medelijden met hem voelde. 'Ik zal je mijn nieuwe litteken laten zien, waar ik door die pijl ben geraakt.'

'Nog een?' kreunde Shancus. Hij draaide zich smekend naar Evra om. 'Waarom maakt Darren alleen maar al die spannende dingen mee. Waarom kan ik niet meedoen aan gevechten en littekens oplopen?'

'Je moeder zal je littekens op je kont geven als jij die slang niet aanpakt,' antwoordde Evra en hij gaf mij een knipoog. 'Kom langs als je tijd hebt.'

'Doe ik,' beloofde ik.

We liepen verder. Meneer Tall wachtte ons op in zijn

bus. Hij stond in de deuropening, zag er nog immens veel groter uit dan ooit, met donkere ogen en een vertrokken gezicht. 'Ik verwachtte jullie,' zei hij zuchtend, stapte toen opzij en gebaarde ons naar binnen. Toen ik langs hem heen liep, ging er een vreemde huivering langs mijn ruggengraat. Het duurde even voordat ik besefte waar dat gevoel me aan deed denken – het was hetzelfde gevoel als ik kreeg wanneer ik een dode zag.

Toen we allemaal zaten, deed meneer Tall de deur dicht en ging daarna in het midden op de vloer zitten, zijn benen keurig over elkaar en zijn enorme, magere vingers steunend op zijn knieën. 'Ik hoop niet dat je het grof van me vindt dat ik je niet ben komen opzoeken,' zei hij tegen me. 'Ik wist dat je beter zou worden en ik had hier nog heel veel te regelen.'

'Dat geeft niet,' zei ik glimlachend, terwijl ik mijn zonnebril afdeed en die naast me neerlegde.

'Het is goed om je weer te zien, Vancha,' zei meneer Tall, en daarna heette hij Debbie en Alice welkom.

'Nu we alle beleefdheden achter de rug hebben,' gromde Vancha, 'laten we terzake komen. Je wist wat er zou gebeuren in het voetbalstadion, hè?'

'Ik had mijn vermoedens,' zei meneer Tall voorzichtig, waarbij zijn lippen nauwelijks bewogen.

'Maar je liet Darren desondanks gaan? Je liet zijn vriend sterven?'

'Ik heb het niet "laten" gebeuren,' sprak meneer Tall hem tegen. 'Gebeurtenissen ontvouwden zich zoals dat moet. Het is mij niet toegestaan in te grijpen in het verloop van een noodlot. Dat weet je, Vancha. We hebben dit gesprek eerder gevoerd. Verscheidene keren.'

'En ik accepteer het nog steeds niet,' gromde Vancha. 'Als ik de macht had in de toekomst te kijken, zou ik die gebruiken om degenen om wie ik geef te helpen. Je had ons kunnen vertellen wie de Heer der Vampanezen was. Larten zou nu nog in leven zijn geweest als je ons van tevoren had gewaarschuwd.'

'Nee,' zei meneer Tall. 'Larten zou toch gestorven zijn. De omstandigheden zouden dan misschien anders zijn geweest, maar zijn dood was onvermijdelijk. Ik zou dat niet hebben kunnen veranderen.'

'Je had het toch moeten proberen,' hield Vancha vol. Meneer Tall glimlachte dun en keek vervolgens naar mij. 'Je bent hier gekomen om raad te vragen. Je wilt weten waar je vroegere vriend Steve Leonard is.'

'Kunt je ons dat vertellen?' vroeg ik zacht.

'Nee,' zei meneer Tall. 'Maar wees gerust, hij zal zich snel kenbaar maken. Je zult niet oeverloos naar hem hoeven zoeken.'

'Betekent dat dat hij aan zal vallen?' vroeg Vancha dringend. 'Is hij in de buurt? Wanneer valt hij aan? Waar?'

'Ik word moe van je vragen,' gromde meneer Tall, terwijl zijn ogen dreigend opflitsten. 'Als ik mee kon doen en een actieve rol zou kunnen vervullen in de zaken van de vampiers, zou ik het doen. Het is veel moeilijker je afzijdig te houden en passief toe te kijken. Moeilijker dan jij je ooit kunt voorstellen. Jij huilde om Larten toen hij stierf, maar ik huilde dertig jaar eerder al om hem toen ik zijn mogelijke dood had gezien.'

'U bedoelt dat u niet.. zeker wist dat hij zou sterven?' vroeg Harkat.

'Ik wist dat er een moment zou aanbreken dat het ging tussen zijn leven en dat van de Heer der Vampanezen, maar wat erna kwam kon ik niet zien – hoewel ik het ergste vreesde.'

'En de volgende ontmoeting?' vroeg ik kalm. 'Als Vancha en ik de laatste keer tegenover Steve komen te staan – wie sterft er dan?'

'Ik weet het niet,' zei meneer Tall. 'Het kijken in de toekomst is vaak een pijnlijke ervaring. Je kunt beter niet het lot van je vrienden en geliefden kennen. Ik haal zo weinig mogelijk het deksel van het heden. Op sommige momenten is het onvermijdelijk, als mijn eigen lot me dwingt te kijken. Maar dat gebeurt zelden.'

'Dus je weet niet of we winnen of verliezen?' vroeg ik.

'Niemand weet dat,' zei meneer Tall. 'Zelfs Desmond Tiny niet.'

'Maar áls we verliezen,' zei ik, en er kwam een zekere scherpte in mijn stem. 'Als de vampanezen triomferen en Steve doodt een van ons – wie wordt dat?'

'Ik weet het niet,' zei meneer Tall.

'Maar je kunt erachterkomen,' hield ik vol. 'Je kunt in de toekomst kijken wanneer we verloren hebben en zien wie van ons het overleeft.'

'Waarom zou ik dat doen?' zei meneer Tall met een zucht. 'Wat heeft het voor zin?'

'Ik wil het weten,' hield ik aan.

'Misschien is het beter...' begon Vancha.

'Nee,' zei ik scherp. 'Ik móét het weten. Twee jaar lang heb ik over de vernietiging van de clan gedroomd en geluisterd naar de kreten van degenen die sterven als we falen. Als ik moet sterven, laat het dan zo zijn. Maar vertel het me alsjeblieft, zodat ik mezelf erop kan voorbereiden.'

'Ik kan het niet,' zei meneer Tall ongelukkig. Niemand kan voorspellen wie van jullie de Heer der Vampanezen zal doden — of door zijn hand zal sterven.'

'Kijk dan verder vooruit,' zei ik smekend. 'Ga twintig of dertig jaar verder. Zie je Vancha of mij in die toekomst?'

'Laat mij erbuiten,' snauwde Vancha. 'Ik wil geen gerotzooi met dat soort dingen.'

'Kijk dan alleen voor mij,' zei ik, terwijl ik meneer Tall gespannen aankeek.

Meneer Tall beantwoordde mijn blik en zei toen rustig. 'Weet je het zeker?'

Ik verstrakte. 'Ja!'

'Goed dan.' Meneer Tall liet zijn blik zakken en sloot zijn ogen. 'Ik kan niet zo gedetailleerd zijn als je wilt, maar ik zal mijn blik op een aantal decennia in de toekomst richten en...'

Meneer Talls stem stierf langzaam weg. Vancha, Harkat, Debbie, Alice en ik keken vol ontzag toe, terwijl zijn gezicht vertrok en oplichtte in een lichtrode kleur. De eigenaar van het Cirque du Freak leek niet langer adem te halen en de temperatuur van de lucht zakte een aantal graden. Vijf minuten lang hield hij die houding vast, zijn gezicht gloeiend en vertrekkend, de lippen gesloten. Toen ademde hij uit, de gloed verdween, zijn ogen gingen open en de temperatuur werd weer normaal.

'Ik heb gekeken,' zei hij met uitdrukkingsloos gezicht. 'En?' zei ik schor.

'Ik heb je daar niet gezien.'

Ik lachte bitter. 'Ik wist het. Als de clan ten onder gaat, gebeurt dat door mij. Ik ben de verdoemde in de toekomst waarin we verliezen.'

'Niet noodzakelijk,' zei meneer Tall. 'Ik keek vijftig of zestig jaar vooruit, lang na de val van de vampiers. Misschien ben je gestorven nadat al die anderen zijn gedood.'

'Haal het dan wat dichterbij,' vroeg ik. 'Kijk twintig of dertig jaar vooruit.'

'Nee,' zei meneer Tall strak. 'Ik heb al meer gezien dan ik wenste. Ik wil vannacht niet nog meer lijden.'

'Waar heb je het over?' snoof ik. 'Wat heb je geleden?'

'Verdriet,' zei meneer Tall. Hij zweeg even en wierp een blik op Vancha. 'Ik weet dat je me hebt gezegd niet voor jou te kijken, oude vriend, maar het gebeurde desondanks.'

Vancha vloekte en zette zich toen schrap. 'Ga door. Aangezien deze dwaas de kuil vol wormen heeft opengegooid, kunnen we net zo goed kijken hoe ze krioelen. Geef me het slechte nieuws.'

'Ik heb in beide toekomsten gekeken,' zei meneer Tall hol. 'Ik wilde het niet, maar dit soort dingen heb ik niet in de hand. Ik keek in de toekomst waar de vampanezen de Oorlog der Littekens hadden gewonnen, en ook in de toekomst waarin de vampiers hadden gewonnen — en hoewel ik Darren in de laatste toekomst zag, kwam ik jou nergens tegen.' Hij keek Vancha recht in de ogen en mompelde somber: 'In beide werd je gedood door de Heer van het duister.'

Vancha knipperde langzaam met zijn ogen. 'Jij zegt dat ik doodga, of we nu winnen of verliezen?' Zijn stem klonk verrassend kalm.

'De Heer van het duister is voorbestemd om jou te vernietigen,' antwoordde meneer Tall. 'Ik kan niet zeggen wanneer of hoe het gebeurt, maar het gebeurt.'

'Wie is deze Heer van het duister?' vroeg Harkat. Ik was de enige die wist van zijn bestaan. Evanna had me gewaarschuwd met niemand over hem te praten.

'Hij is de wrede leider die de wereld zal vernietigen na de Oorlog der Littekens,' zei meneer Tall.

'Ik begrijp het niet,' gromde Harkat. 'Als we Steve doden, dan komt er toch geen... verrekte Heer van het duister.'

'O, welzeker,' zei meneer Tall. 'De wereld is zo afgesteld dat het een monster met een onvoorstelbare kracht en woestheid voortbrengt. Zijn komst is onvermijdelijk. Alleen moet zijn identiteit nog worden vastgesteld – en dat zal heel snel worden beslist.'

'De verloren wereld,' zei Harkat bleek. 'U bedoelt dat de toekomst... ook al doden we Steve, er zo uitziet? Het desolate land waar Darren en ik... de waarheid

over mij aan de weet kwamen – dat ligt in het... ver-
schiet?'

Meneer Tall aarzelde en knikte toen. 'Ik kon het jullie niet eerder vertellen. Ik heb in het verleden nooit
gesproken over dit soort zaken. Maar de tijd is aan-
gebroken dat het geen kwaad meer kan het te onthullen, aangezien er niets kan worden gedaan om het
te voorkomen. De Heer van het duister is in aantocht
– binnen vierentwintig uur zal hij geboren worden en
zal de hele wereld trillen bij zijn komst.'

Er volgde een lange, verdoofde stilte. Vancha, Harkat, Debbie en Alice waren totaal in de war, vooral de
laatste twee, omdat ze niets wisten van de verloren
wereld van de toekomst. Ik was een en al angst. Dit
was een bevestiging van al mijn ergste nachtmerries.
De Heer van het duister zou verrijzen, ongeacht de
uitkomst van de Oorlog der Littekens. En niet alleen
kon ik zijn komst niet verhinderen, in een van die toekomsten was ík hem. Dat betekende dat ik, als we de
oorlog wonnen, ergens in de volgende vijftig of zestig
jaar, samen met alle andere levens die ik had vernietigd, ook Vancha zou doden. Het leek onmogelijk.
Het klonk als een slechte grap. Maar Evanna en meneer Tall hadden allebei de gave om in de toekomst
te kijken – en allebei hadden ze me hetzelfde verteld.

'Laat me dit even duidelijk stellen,' gromde Vancha,
die de stilte verbrak en mijn gedachtetrein tot stilstand bracht. 'Wat er ook gebeurt tussen ons en Steve
Leonard – of in de oorlog met de vampanezen – er
komt een Heer van het duister en die vernietigt de
wereld?'

'Ja,' zei meneer Tall. 'De mensen zullen snel de beheersing over deze planeet kwijtraken. De macht zal in andere handen overgaan. Zo staat het geschreven. Wat rest is of die macht in handen komt van een vampanees of... van een vampier.' Hij keek mij niet aan toen hij dat zei. Het kon mijn verbeelding zijn geweest, maar ik kreeg het gevoel dat hij opzettelijk oogcontact met mij vermeed.

'Maar ongeacht wie er wint, ik ben degene die het loodje legt?' hield Vancha aan.

'Ja,' zei meneer Tall glimlachend. 'Maar vrees de dood niet, Vancha, want het gebeurt ons allemaal.' Zijn glimlach verdween. 'Voor sommigen van ons gebeurt dat heel binnenkort.'

'Waar heb je het over?' snauwde Vancha. 'Jij maakt hier geen deel van uit. Geen vampier of vampanees zou een hand tegen je opheffen.'

'Misschien heb je gelijk,' grinnikte meneer Tall, 'maar er zijn anderen op deze wereld die niet zo'n hoge achting hebben voor mij.' Hij hield zijn hoofd schuin en zijn gezicht werd zachter. 'En om mijn standpunt te bewijzen...'

Een vrouw gilde. We sprongen allemaal overeind en snelden naar de deur, behalve meneer Tall die langzaam achter ons overeind kwam.

Alice was als eerste bij de deur. Ze wierp hem open, dook naar buiten, trok een pistool, rolde om toen ze de grond raakte en kwam overeind op haar knieën. Vancha was de volgende. Hij sprong naar buiten, trok een paar shurikens los, sprong hoog op om ze te werpen. Ik was derde. Ik had geen wapens, dus ik sprong naar Alice toe, erop rekenend dat ze wel iets voor mij had. Harkat en Debbie kwamen tegelijk in beweging, Harkat zwaaiend met zijn bijl, en Debbie trok een pistool zoals Alice had. Achter hen stond meneer Tall in de deuropening naar de hemel te staren. Daarna stapte hij naar beneden.

Er was niemand te zien, maar we hoorden weer een gil, deze keer van een kind. Toen schreeuwde een man in paniek – het was Evra.

'Een wapen!' gilde ik tegen Alice toen ze overeind kwam. Met een hand reikte ze naar beneden en trok een klein jachtmes uit een schede aan haar linkerbeen.

'Blijf achter me,' beval Alice en ze ging op de kreten af. 'Vancha links van me, Debbie en Harkat rechts.' We gehoorzaamden de voormalige hoofdinspecteur, waaierden uit en trokken verder. Ik kon voelen dat meneer Tall ons volgde, maar ik keek niet achterom. Weer schreeuwde een vrouw – Merla, de vrouw van Evra.

Mensen kwamen overal om ons heen uit hun woonwagens en tenten, Artiesten en technici, om ons te helpen. Meneer Tall brulde tegen hen zich er niet mee te bemoeien. Zijn stem klonk als de donder en snel doken ze weer terug naar binnen. Ik wierp een blik over mijn schouder, verbluft door zijn woestheid. Hij glimlachte verontschuldigend. 'Dit is onze strijd, niet die van hen,' gaf hij als uitleg.

Dat 'onze' verraste me – zette meneer Tall ten slotte zijn neutraliteit van zich af? – maar ik kreeg niet de tijd erbij stil te staan. Voor me had Alice het einde van een tent bereikt en ze kwam in het zicht van het opstootje. Een tel later was ik ook ter plaatse.

De Vons – met uitsluiting van Lilia die er niet bij was – werden aangevallen. Hun aanvallers waren V.W., Morgan James en de zoon van Steve Leopard, Darius! V.W. had de slang van Evra gedood en was nu bezig die van Shancus in stukken te hakken. Evra was aan het vechten met de krankzinnige met de haakhanden en probeerde hem weg te sleuren. Shancus zat vast in een greep van Darius. Merla had Urcha beet die zijn slang vasthield alsof zijn leven ervan afhing en hij snikte hemelschreiend. Ze liepen weg van Morgan James. Hij volgde hen langzaam, liet een scheve, vertrokken grijns zien, terwijl de rode kringen zijn duivelse oogjes benadrukten. De loop van zijn geweer was op Merla's maag gericht.

Vancha reageerde het snelst. Hij stuurde een shuriken op het geweer van Morgan James af waardoor die uit balans raakte. James' vinger verstrakte om de trekker door het contact en het geweer explodeerde – maar de kogel ging ver naast. Voor hij weer kon schieten, liet Merla Urcha los, rukte haar rechteroor van haar hoofd en stuurde dat op James' gezicht af. Het oor raakte hem tussen de ogen en hij viel grommend van verrassing achterover.

V.W., gealarmeerd door onze aanwezigheid, sloeg Evra van zich af en ging achter Shancus aan. Hij greep hem uit Darius' handen en hield hem lachend in de lucht, terwijl hij ons uitdaagde om het leven van de slangenjongen te riskeren.

'Ik heb geen vrij schot,' gilde Alice.

'Ik heb Morgan James op de korrel!' gilde Debbie terug.

'Schiet hem dan neer,' brulde Alice.

'De jongen sterft als je Morgan iets aandoet!' kaatste V.W. terug, terwijl hij de drie scherpe haken van zijn linkerhand tegen het geschubde vlees van Shancus' keel drukte.

Of Shancus besefte het gevaar niet waarin hij zich bevond, óf het kon hem niet schelen, want hij bleef V.W. schoppen en stompen. Maar wij begrepen de bedoeling van de moordenaar en hielden op.

'Laat hem gaan, Haak,' grauwde Vancha die voor ons ging staan, zijn handen wijd gespreid. 'Ik bevecht je man tegen man.'

'Jij bent geen man,' antwoordde V.W. honend. 'Je bent tuig, net zoals iedereen van jouw ras. Morgan? Gaat het?'

'Ehmf oed,' kreunde Morgan James. Hij pakte zijn geweer op en richtte dat weer op Merla.

'Deze keer niet,' schreeuwde Harkat die voor Merla stapte en met zijn bijl naar James uithaalde. James sprong uit de baan van het dodelijke wapen. Tegenover hem trok Darius een klein pijlgeweer en schoot op Harkat. Maar hij schoot te snel en de pijl vloog hoog over het doelwit heen.

Ik dook op Darius met de bedoeling hem te grijpen en vast te houden zoals V.W. Shancus vasthad. Maar de slang van Shancus was woest aan het stuiptrekken en ik struikelde over hem heen voordat ik mijn handen rond Darius' keel kon krijgen. Ik schoot naar voren en dreunde tegen Evra aan die aan kwam snellen om zijn zoon te helpen. We vielen allebei om en raakten verwikkeld in de stuiptrekkende greep van de stervende slang.

In de verwarring hergroepeerden Morgan James en Darius zich weer rond V.W.

Alice, Debbie, Harkat en Vancha bleven op afstand, want ze konden niets doen uit angst dat V.W. Shancus zou doden.

'Laat hem los!' gilde Merla, haar ogen vol tranen van wanhoop.

'Kom hem maar halen,' riep V.W. honend.

'Je komt hier niet weg,' zei Vancha toen V.W. achteruit stapte.

'Wie houdt ons tegen?' daagde V.W. hem uit.

Evra was weer overeind en begon achter het terugtrekkende trio aan te rennen. V.W. duwde zijn haken dieper in Shancus' keel. 'Nee, dat doe je niet,' riep hij en Evra verstarde.

'Alsjeblieft,' zei Debbie, terwijl ze haar pistool liet zakken. 'Laat de jongen los en jullie kunnen ongedeerd vertrekken.'

'Jij bent niet in de positie om te onderhandelen,' zei V.W. lachend.

'Wat wil je?' schreeuwde ik.

'De slangenjongen,' giechelde V.W.

'Jullie hebben niets aan hem.' Ik deed een vastberaden stap naar voren. 'Neem mij. Mij in ruil voor Shancus.'

Ik verwachtte dat V.W. op mijn aanbod in zou gaan, maar hij schudde alleen maar treiterig zijn hoofd, terwijl zijn rode ogen glinsterden. 'Vergeet het maar,

Shan,' zei hij. 'We nemen de jongen. Als je ons probeert tegen te houden, sterft hij.'

Ik keek om me heen naar mijn bondgenoten – niemand reageerde. De vampanezen hadden ons in de tang. Vancha kon zich bewegen met de snelheid van een volledige vampier, en Debbie en Alice hadden allebei een pistool. Maar V.W. kon Shancus doden voordat een van ons tussenbeiden kon komen.

V.W., Morgan James en Shancus bleven achteruitlopen. V.W. en James grijnsden, maar Darius zag er weer precies zo uit als op het moment dat hij me had neergeschoten – bang en een beetje misselijk.

Toen, terwijl wij allemaal aarzelden, sprak meneer Tall. 'Ik kan dit niet laten gebeuren.'

V.W. bleef onzeker staan. 'Dit gaat je niet aan!' schreeuwde hij. 'Hou je erbuiten.'

'Door jullie gaat het me nu wel aan,' sprak meneer Tall hem rustig tegen. 'Dit is mijn thuis. Dit zijn mijn mensen. Ik moet wel tussenbeiden komen.'

'Doe niet zo...' gilde V.W., maar voor hij verder kon gaan, ging meneer Tall op hem af. Hij bewoog zich met een bovennatuurlijke snelheid die zelfs geen vampier kon halen. In nog geen oogwenk stond hij voor V.W., zijn handen op de haken van de krankzinnige. Hij wrikte ze weg van Shancus' keel, trok twee haken uit de linkerhand en een uit de rechter.

'Mijn handen!' gilde V.W. angstig, alsof de gouden en zilveren haken deel uitmaakten van zijn lichaam. 'Laat mijn handen met rust, vuile...'

Welk scheldwoord hij ook gilde, het ging verloren in de explosie van een geweer. Morgan James die naast

V. W. had gestaan had de loop van zijn geweer hard in de ribben van meneer Tall gestoken en de trekker overgehaald. Een kogel verliet de kamer met een ongenadige snelheid – en raasde door de ribbenkast van de weerloze Hibernius Tall heen!

Het middenrif van meneer Tall barstte open in een fontein van donkerrood bloed en witte botsplinters. Een ogenblik bleef hij staan met de haken van V.W. in zijn handen alsof er niets was gebeurd. Toen zakte hij in elkaar, terwijl het bloed uit de wond gutste waar zijn maag aan flarden was geschoten.

V.W. en Darius staarden verdoofd naar de vallende meneer Tall. Toen gilde Morgan James tegen hen te vluchten. In een chaotische groep gingen ze ervandoor, V.W. met Shancus in zijn greep en James die in het wilde weg over zijn schouder op ons schoot.

Niemand ging achter hen aan. Onze ogen bleven allemaal gericht op meneer Tall. Hij knipperde snel met zijn ogen, terwijl zijn handen tastten naar het gat in zijn borst en zijn lippen waren teruggetrokken over zijn kleine, zwarte tanden. Ik denk niet dat iemand wist hoe oud meneer Tall was, of waar hij vandaan kwam, maar hij was ouder dan welke vampier ook, een persoon met een enorme magie en kracht. Het was verbijsterend om te bedenken dat hij op zo'n simpele en gewelddadige manier uitgeschakeld kon worden.

Debbie kwam als eerste weer bij haar positieven en

rende op meneer Tall af, liet haar pistool vallen en wilde hem helpen. De rest van ons deed een stap in hun richting – en bleef ogenblikkelijk staan toen iemand vanuit de schaduw van een bus vlakbij sprak. 'Jullie bezorgdheid is te waarderen, maar volstrekt waardeloos. Blijf alsjeblieft op afstand.'

Een kleine man kwam naar voren gewaggeld en lachte ongedwongen. Hij was gekleed in een modern geel pak en droeg groene Wellington-laarzen. Hij had wit haar, een bril met dikke glazen en een hartvormig klokje dat hij in zijn linkerhand liet ronddraaien. *Desmond Tiny!*

Achter hem aan kwam zijn dochter, de heks Evanna – kort, gespierd, behaard, gehuld in touwen in plaats van kleren. Ze had een kleine neus, puntige oren, een dunne baard en twee verschillende kleuren ogen, een bruin en een groen.

We keken met open mond naar het vreemde paar dat naast de naar adem snakkende meneer Tall bleef staan. Evanna's gezicht stond verbeten. Meneer Tiny keek alleen maar nieuwsgierig toe. Met zijn rechtervoet stootte hij meneer Tall aan waar hij geraakt was. Meneer Tall siste van de pijn.

'Laat hem met rust!' schreeuwde Debbie.

'Hou alsjeblieft je mond, anders vermoord ik je,' antwoordde meneer Tiny. Hoewel hij het zoetsappig zei, twijfel ik er niet aan dat hij Debbie ter plekke dood had geslagen als ze nog een woord had gezegd. Gelukkig besefte ze dat ook, en ze hield trillend haar mond.

'Nou, Hibernius,' zei meneer Tiny. 'Jouw tijd zit erop.'

'Je wist dat het zo zou zijn,' antwoordde meneer Tall. Zijn stem klonk opmerkelijk vast.

'Ja.' Meneer Tiny knikte. 'Maar wist jíj het?'

'Ik raadde het.'

'Je had je afzijdig kunnen houden. Jouw noodlot was niet direct verbonden met dat van deze stervelingen.'

'Voor mij wel,' zei meneer Tall. Hij beefde verschrikkelijk, terwijl een donkere plas bloed zich om hem heen verspreidde.

Evanna deed een stap opzij om het bloed te mijden, maar meneer Tiny liet het rond zijn laarzen vloeien en de zolen kleuren.

'Tiny!' snauwde Vancha. 'Kun je hem redden?'

'Nee,' antwoordde meneer Tiny alleen maar. Toen boog hij zich over meneer Tall heen en spreidde de vingers van zijn rechterhand. Hij zette de middelvinger midden op het voorhoofd van meneer Tall, de aangrenzende vingers boven zijn ogen en hield de duim en pink opzij. 'Dat je zelfs in de dood nog mag triomferen,' zei hij met een verrassende tederheid, en haalde vervolgens zijn vingers weg.

'Dank je, vader,' zei meneer Tall. Hij wierp een blik op Evanna. 'Vaarwel, zus.'

'Ik zal je niet vergeten,' antwoordde de heks, terwijl wij verbluft door deze onthulling bleven toekijken. Ik wist van het bestaan van Evanna's tweelingbroer, net als zij geboren uit de vereniging van meneer Tiny en een wolvin. Ik had alleen nooit gedacht dat het meneer Tall was.

Evanna bukte zich en kuste haar broer op zijn voorhoofd. Meneer Tall glimlachte, daarna schokte zijn lichaam, zijn ogen werden groot, zijn hals verstrakte – en hij stierf.

Meneer Tiny stond op en draaide zich om. In elke ooghoek stond één ronde traan bloed. 'Mijn zoon is dood,' zei hij, op dezelfde toon die hij zou hebben gebruikt om het weerbericht te geven.

'We wisten het niet!' zei Vancha verbouwereerd.

'Hij heeft nooit de moeite genomen over zijn ouders te praten.' Meneer Tiny grinnikte en schopte het hoofd van de dode meneer Tall opzij met de hak van zijn linkerlaars. 'Ik weet niet waarom.'

Ik gromde toen hij meneer Tall schopte en ging kwaad op hem af. Harkat en Vancha deden hetzelfde.

'Heren,' zei Evanna rustig. 'Als jullie je tijd verspillen door een gevecht met mijn vader aan te gaan, zullen de moordenaars wegkomen met de jongen Von.'

We bleven direct staan. Ik was Shancus en het gevaar waarin hij verkeerde even vergeten. De anderen ook. Nu we eraan herinnerd werden, schudden we het hoofd en kwamen weer bij de realiteit.

'We moeten erachteraan,' zei Vancha.

'En meneer Tall dan?' riep Debbie.

'Hij is dood,' zei Vancha snuivend. 'Die zorg is voor zijn *familie*.'

Meneer Tiny moest erom lachen, maar we konden het ons niet permitteren nog langer aandacht aan hem te schenken. We groepeerden ons en zetten, zonder er verder nog over te praten, de achtervolging in.

'Wacht!' schreeuwde Evra. Ik keek achterom en zag hem een blik wisselen met Merla. Ze knikte half en hij rende achter ons aan. 'Ik ga ook mee,' zei hij.

Niemand ging ertegenin. Met Evra in onze gelederen renden we van Merla, Urcha, meneer Tiny, Evanna en de dode meneer Tall weg en haastten ons door het kamp achter Shancus en zijn ontvoerders aan.

Zodra we uit de tunnel kwamen die uit het stadion naar buiten leidde, zagen we dat onze prooi zich gesplitst had. V.W. rende met Shancus naar rechts, in de richting van het centrum van de stad. Morgan James en Darius vluchtten naar links de heuvel af naar een rivier die vlak bij het stadion stroomde. Vancha nam de leiding op zich en nam snel een beslissing. 'Alice en Evra – met mij mee. Wij gaan achter V.W. en Shancus aan. Darren, Harkat en Debbie – jullie nemen Morgan James en de jongen.'
Ik was liever Shancus gaan redden, maar Vancha had meer ervaring dan ik. Ik knikte gehoorzaam en ging met Harkat en Debbie naar links achter de moordenaar en zijn leerling aan. Mijn hoofdpijn was heftig teruggekeerd en ik was halfblind toen ik met zwaaiende armen de heuvel af ging. Ook was het geluid van mijn voeten op het wegdek tijdens het rennen een kwelling voor mijn oren. Toch kon ik, als halfvampier, sneller rennen dan Harkat en Debbie en al snel was ik hen een eind voor en verkleinde de kloof met Morgan James en Darius.
James en Darius bleven staan toen ze me hoorden komen en draaiden zich met een ruk om om mijn aanval te pareren. Ik had op Harkat en Debbie moeten wachten, in plaats van ze in mijn eentje, slechts gewapend met een mes, aan te vallen. Maar de woede

had me in zijn macht. Ik bleef onvoorzichtig doorstomen toen ze schoten, James met zijn geweer, Darius met zijn pijlwapen. Door het geluk van de vampiers misten hun kogels en pijlen me en binnen een paar seconden zat ik boven op Morgan James, woest van kwaadheid, belust op wraak.

James haalde naar me uit met de kolf van zijn geweer. Hij raakte mijn rechterschouder waar ik door de pijl van Darius was getroffen. Ik brulde van de pijn, maar wankelde niet. Ik stak naar James met mijn mes en richtte op zijn half weggeschoten gezicht. Hij dook ineen en Darius stompte me in de ribben toen ik langs gleed. Ik duwde de jongen van me af en stak weer naar James. Hij lachte, greep me stevig vast en werkte me op de grond.

Mijn gezicht was dicht bij de linkerkant van het hoofd van Morgan James. De huid was gerimpeld en rood, zijn tanden bloot achter het dunne vlees van zijn lippen, zijn oog een vreselijke klont midden in het geruïneerde vlees vol littekens.

'Inhje utmhooi,' gorgelde James.

'Prachtig,' hoonde ik, terwijl ik boven op hem rolde en met mijn duimen naar zijn ogen stak.

'Ihk gaaht zevede met jhou doehn!' bezwoer James me. Hij maakte zich los uit mijn greep en plantte zijn knie in mijn maag.

'We zullen wel zien,' gromde ik toen ik iets opzij viel, maar ik kreeg hem weer te pakken. Het lukte me hem te raken met mijn mes, maar alleen in zijn arm. Ik was me ervan bewust dat de jongen me met zijn pijlgeweer sloeg en probeerde me van James af te slaan.

Ik negeerde hem en concentreerde me op Morgan James. Ik was sterker dan de vampet, maar hij was groter en een doorgewinterde vechter. Hij worstelde onder me, begroef zijn knieën en ellebogen in mijn maag en kruis en spoog me in mijn ogen. Een pijnlijk, wit licht kwam op in mijn hoofd. Ik kreeg het gevoel alsof ik moest gillen en mijn handen voor mijn oren moest slaan. Maar in plaats van dat te doen, beet ik James in zijn rechterbovenarm en scheurde een stuk vlees weg.

James krijste als een speenvarken en duwde me van hem af, haalde kracht uit zijn pijn. Toen ik opzij viel, schopte Darius me hard tegen mijn hoofd en heel even raakte ik mijn oriëntatie kwijt. Toen ik herstelde, zat James boven op me. Hij duwde mijn hoofd naar achteren met zijn linkerhand en bracht mijn mes – dat ik tijdens het vechten had laten vallen – naar boven met zijn rechter, met de bedoeling mijn keel af te snijden.

Ik greep naar het mes. Miste. Greep weer. Sloeg het weg. Greep er een derde keer naar – hield toen op, spande mijn spieren en sloot mijn ogen. James huiverde van blijdschap. Hij dacht dat ik het opgegeven had. Wat hij niet wist was dat ik Harkat achter hem had zien staan met zijn bijl geheven.

Er klonk een zwiepend geluid – Darius schreeuwde een waarschuwing – daarna een zware plof. Mijn ogen gingen open. Ik ving een glimp op van het hoofd van Morgan James dat wegrolde in de duisternis, gescheiden van zijn lichaam door een krachtige uithaal van Harkats bijl. Daarna gutste het bloed uit James' hals zonder hoofd. Ik deed mijn ogen weer dicht toen ik overspoeld werd door een warme stroom rode vloeistof. James viel levenloos van me af. Ik duwde me overeind, opende mijn ogen, veegde het bloed van mijn gezicht en kroop onder het onthoofde lichaam van Morgan James vandaan.

Darius stond naast me en staarde verstomd naar zijn gedode metgezel. De jongen was ook geraakt door bloed. Zijn broekspijpen waren doorweekt van het rode vocht. Ik ging staan. Mijn benen trilden. Mijn hoofd was gevuld met een oorverdovende ruis. Ik wilde overgeven. Maar ik wist wat ik moest doen. Ik werd gemotiveerd door haat.

Ik graaide mijn mes uit de levenloze hand van Morgan James en drukte het scherp tegen het vlees van Darius' keel en greep zijn haar met mijn vrije hand. Ik grauwde toen ik kracht zette op het mes, en ik was geen mens en geen vampier meer. Ik was een wild beest geworden dat niets anders meer wilde dan een jonge jongen van zijn leven beroven.

Debbie hield me tegen. 'Néé!' gilde ze en kwam van achteren op me af gerend. Er klonk zo'n verschrikking in haar stem dat ik, zelfs midden in mijn bloeddorst, ophield. Ze kwam zwaar hijgend naast me staan, haar ogen groot van afschuw. 'Nee,' zei ze piepend, terwijl ze wanhopig haar hoofd schudde.

'Waarom niet?' snauwde ik.

'Het is een kind!' riep ze.

'Nee, het is de zoon van Steve Leopard,' wierp ik tegen. 'Een moordenaar, net als zijn vader.'

'Hij heeft niemand vermoord,' voerde Debbie aan. 'Morgan James heeft meneer Tall vermoord. Nu is hij dood, je hebt je wraak. Je hoeft de jongen niet ook te doden.'

'Ik vermoord ze allemaal!' gilde ik als een waanzinnige. Het leek wel alsof ik iemand anders was geworden, een moordzuchtige wreker. 'Elke vampanees moet dood! Elke vampet! Iedereen die hen helpt!'

'Zelfs de kinderen?' vroeg Debbie bleek.

'Ja!' brulde ik. Mijn hoofdpijn was erger dan ooit. Het leek wel alsof gloeiend hete rode naalden van binnenuit door mijn schedel werden gedrukt. Een deel van me wist dat dit niet zo was, maar een groter deel

van me had de haat en de drang om te doden aange-
grepen. Dat genadeloze deel gilde om wraak.

'Harkat,' zei Debbie smekend tegen de Kleine Mens.
'Praat op hem in.'

Harkat schudde zijn halsloze hoofd. 'Ik denk niet dat
ik hem kan tegenhouden,' zei hij, terwijl hij naar me
keek alsof hij me niet kende.

'Je moet het proberen!' riep Debbie.

'Ik weet niet... of ik wel het recht heb,' mompelde
Harkat.

Debbie wendde zich weer tot mij. Ze huilde. 'Je moet
dit niet doen,' zei ze snikkend.

'Het is mijn plicht,' zei ik strak.

Ze spoog voor mijn voeten. 'Zo denk ik over je plicht!
Je wordt een monster als je die jongen vermoordt. Je
wordt net zoals Steve.'

Ik hield op. Haar woorden hadden diep binnenin een
gevoelige snaar geraakt. Ik dacht aan meneer Crepsley en zijn laatste woorden voordat hij stierf. Hij had
me gewaarschuwd mijn leven niet te slijten in haat.
Dood Steve Leopard als de gelegenheid zich voordoet,
maar geef jezelf niet over aan de een of andere krankzinnige zucht naar wraak.

Wat zou hij in mijn plaats hebben gedaan? De jongen doden? Ja, zo nodig wel. Maar was het nodig?
Wilde ik Darius doden omdat ik bang voor hem was
en ik het gevoel had dat hij geëlimineerd moest worden omwille van ons allen of omdat ik Steve wilde
kwetsen?'

Ik staarde in de ogen van de jongen. Ze stonden angstig, maar achter de angst was... medeleven. In Ste-

ves ogen bestond alleen maar slechtheid. Niet in die van Darius. Hij was menselijker dan zijn vader.

Ik hield mijn mes nog steeds tegen zijn keel gedrukt en had een dun sneetje in zijn huid gemaakt. Kleine straaltjes bloed liepen in zijn hals.

'Je vernietigt jezelf,' fluisterde Debbie schor. 'Je zult erger zijn dan Steve. Híj kent het verschil tussen goed en kwaad niet. Jij wel. Hij kan leven met zijn slechtheid omdat hij niet beter weet, maar aan jou zal het vreten. Doe het niet, Darren. We voeren geen oorlog tegen kinderen.'

Ik keek haar aan met tranen in mijn ogen. Ik wist dat ze gelijk had. Ik wilde het mes weghalen. Het was ongelooflijk dat ik zelfs maar geprobeerd had de jongen te doden. Maar een deel van me wilde hem nog steeds vermoorden. Er was iets in me ontwaakt, een Darren Shan van wie ik nooit had geweten dat die bestond, en die wilde alleen nog maar vechten. Mijn vingers, die het mes vasthielden, trilden, maar de woeste engel der wrake in me wilde niet dat ik het liet zakken.

'Schiet op, vermoord me,' snauwde Darius plotseling. 'Jullie kunnen niet anders. Jullie zijn moordenaars. Ik weet alles over jullie, dus hou maar op te doen alsof het je iets kan schelen.'

'Waar heb je het over?' zei ik.

Hij glimlachte alleen maar dunnetjes.

'Hij is de zoon van Steve,' zei Debbie zacht. 'Hij is opgevoed met leugens. Dat is niet zijn schuld.'

'Mijn vader liegt niet!' schreeuwde Darius.

Debbie ging achter Darius staan zodat ze me recht in de ogen kon kijken. 'Hij weet niet wat waar is. Hij is onschuldig, ondanks alles wat ze hem hebben laten doen. Dood geen onschuldige, Darren. Word niet wat je zo veracht.'

Ik kreunde diep. Meer dan ooit wilde ik het mes weghalen, maar ik bleef aarzelen en vocht een innerlijke strijd die ik niet helemaal begreep. 'Ik weet niet wat ik moet doen,' kreunde ik.

'Bedenk dan het volgende,' zei Harkat. 'Misschien hebben we de jongen nodig om... hem te ruilen tegen Shancus. We kunnen hem beter niet doden.'

Het vuur in me brandde uit. Ik liet het mes zakken en voelde een enorm gewicht van mijn hart getild worden. Ik glimlachte scheef. 'Bedankt, Harkat.'

'Dat had je niet nodig,' zei Debbie toen ik Darius ronddraaide en zijn handen op zijn rug bond met een strook stof die Harkat van zijn gewaad had gescheurd. 'Je had hem moeten sparen omdat dat de enige juiste reden was, niet omdat je hem misschien nodig hebt.'

'Misschien,' beaamde ik, beschaamd door mijn reactie maar niet bereid het toe te geven. 'Maar het maakt niets uit. We kunnen hier later over spreken. Laten we eerst gaan uitzoeken hoe het met Shancus staat. Waar is je telefoon?'

Een ogenblik later was ze diep in gesprek met Alice Burgess. Ze zaten nog steeds achter V.W. en Shancus aan. Vancha vroeg mij te spreken. 'We moeten een keuze maken,' zei hij. 'Ik heb V.W. in het vizier. Ik kan hem neerhalen met een shuriken en Shancus redden.'

'Waarom doe je het dan niet?' vroeg ik fronsend.

'Volgens mij brengt hij ons naar Steve Leonard,' zei Vancha.

Ik kreunde zacht en greep de telefoon stevig vast. 'Wat vindt Evra ervan?' vroeg ik.

'Dit is onze zaak, niet die van hem,' antwoordde Vancha fluisterend. 'Hij denkt alleen maar aan zijn zoon. Wij moeten andere belangen in het oog houden.'

'Ik ben niet bereid Shancus op te offeren om Steve te pakken te krijgen,' zei ik.

'Ik wel,' zei Vancha rustig. 'Maar ik betwijfel het of het zover komt. Volgens mij kunnen we zowel de jongen terugkrijgen als een poging wagen Steve te pakken te krijgen. Maar het blijft een risico. Als je wilt dat ik het op veilig speel en V.W. nu dood, doe ik het. Maar ik geloof dat we het moeten riskeren en ons door hem naar Leonard moeten laten brengen, en dan zien wat er gebeurt.'

'Jij bent de oudste Prins,' zei ik. 'Jij beslist.'

'Nee,' kaatste Vancha terug. 'We zijn gelijken. 'Shancus betekent meer voor jou dan voor mij. Hierin volg ik jou.'

'Bedankt,' zei ik bitter.

'Sorry,' zei Vancha en zelfs over de telefoon wist ik dat zijn spijt oprecht was. 'Ik zou de verantwoordelijkheid nemen als ik het kon, maar op dit moment kan ik het niet. Dood ik V.W. of volg ik hem?'

Mijn ogen schoten naar Darius. Als ik hem gedood had, zou ik Vancha hebben gezegd V.W. af te maken en Shancus te redden – anders zou Steve zeker uit wraak de slangenjongen doden. Maar als ik verscheen met Darius als mijn gevangene, zou Steve moeten onderhandelen. Als we Shancus eenmaal terug hadden, zouden we daarna weer achter Steve aan kunnen gaan. 'Goed,' zei ik. 'Laat hem lopen. Zeg me waar je bent en dan treffen we elkaar straks weer.'

Een paar minuten daarna kwamen we weer in beweging en liepen dwars door de stad, terwijl Debbie over de telefoon de positie van Alice kreeg. Ik kon haar ogen in mijn rug voelen steken – ze keurde het risico dat we namen niet goed – maar ik keek niet achterom. Onder het rennen bleef ik mezelf eraan herinneren: 'Ik ben een Prins. Ik heb een verplichting aan mijn volk. De Heer der Vampanezen gaat voor alles!' Maar het was een magere troost en ik wist dat mijn gevoel van schuld en schaamte overweldigend zou zijn als de gok zich tegen ons keerde.

We haastten ons met Darius door de straten, namen achterafstraatjes om politiepatrouilles te mijden, tot Harkat ineens langzamer ging lopen, bleef staan en zich omdraaide. Hij hield zijn hoofd schuin en spitste een van de oren die onder zijn grijze huid zaten genaaid.

'Wat is er?' vroeg ik.

'Voetstappen... achter ons. Hoor je ze?'

'Mijn oren zitten dichtgestopt,' herinnerde ik hem.

'Weet je het zeker?'

'Ja. Volgens mij is het één persoon, maar ik... kan het verkeerd hebben.'

'We kunnen niet tegelijkertijd vechten en Darius vasthouden,' zei Debbie. 'Als we willen standhouden, moeten we hem of vastbinden of laten gaan.'

'Ik laat hem helemaal niet gaan,' mopperde ik. 'Jullie tweeën lopen door. Als V.W. de anderen naar Steve leidt, moeten jullie er met Darius zijn om hem te ruilen voor Shancus. Ik blijf en handel dit af. Als het me lukt, haal ik jullie weer in.'

'Doe niet zo stom,' siste Debbie. 'We moeten bij elkaar blijven.'

'Doe wat ik zeg,' snauwde ik, scherper dan ik bedoeld

had. Ik was heel erg in de war – de haat voor Steve, angst dat ik de monsterlijke Heer van het duister zou worden, de pijn van de reiniging – en niet in de stemming om te argumenteren.

'Kom mee,' zei Harkat tegen Debbie. 'Er valt niet met hem te praten als... hij zo is. Bovendien heeft hij gelijk. Deze manier is verstandiger.'

'Maar het gevaar...' begon Debbie.

'Hij is een Vampiersprins,' zei Harkat. 'Hij weet alles van gevaar.'

Harkat rukte Darius mee en hinkte zo snel mogelijk verder. Debbie kon alleen maar volgen, hoewel ze smekend naar me achterom keek tot ze om een hoek uit het gezicht verdween. Ik voelde me naar door de manier waarop ik tegen haar gesnauwd had en hoopte dat ik de kans zou krijgen later mijn verontschuldigingen aan te bieden.

Ik haalde de plukken watten uit mijn oren en greep mijn mes stevig vast. Door me sterk te concentreren kon ik het geluid in mijn hoofd dempen en me richten op de geluiden en geuren van de straat. Ik hoorde voetstappen dichterbij komen, zacht, gestaag, en recht op me af. Ik dook diep in elkaar en maakte me op voor de strijd. Toen verscheen een gedaante en ik ontspande me, ging staan en liet mijn arm met het mes zakken.

'Evanna,' begroette ik de heks.

'Darren,' antwoordde ze kalm. Ze bleef dicht bij me staan en bestudeerde me met een niet te ontcijferen uitdrukking op haar gezicht.

'Waarom ben je niet bij je vader?' vroeg ik.

174

'Ik ga snel weer naar hem toe,' zei ze. 'Mijn plaats nu is hier bij jou en je bondgenoten. Laten we snel achter hen aangaan, en hopen dat we de confrontatie niet missen.'

'Ik ga nergens naartoe,' zei ik koppig. 'Niet voordat je me een paar antwoorden hebt gegeven.'

'O ja?' snorde Evanna met een klein lachje. 'Ik zal dan eerst een paar vragen moeten horen.'

'Het gaat om de Heer van het duister.'

'Ik denk niet dat dit de tijd is om...'

'Het kan me niet schelen wat jij denkt,' onderbrak ik haar. 'Je vertelde me jaren geleden dat de Heer van het duister óf de Heer der Vampanezen zou zijn — Steve — óf ik. Meneer Tall heeft voordat hij stierf gezegd dat wie er de Oorlog der Littekens ook wint de Heer van het duister toch zal komen.'

'O ja?' Evanna klonk verrast. 'Het was niets voor Hibernius om zo onthullend te zijn. Hij was altijd degene die dingen voor zich hield.'

'Ik wil weten wat het betekent,' hield ik vol, voor ze over haar broer kon gaan praten. 'Volgens meneer Tall zal de Heer van het duister een monster zijn die Vancha zal doden.'

'Heeft hij je dat ook verteld?' Evanna was nu kwaad. 'Hij is te ver gegaan. Hij had niet...'

'Maar hij heeft het wel gedaan,' onderbrak ik haar en deed een stap naderbij. 'Hij had het mis. Dat moet wel. Jij ook. Ik ben geen monster. Ik zou Vancha nooit iets aandoen, of welke vampier ook.'

'Wees daar niet al te zeker van,' zei ze zacht. Ze aarzelde en koos haar volgende woorden heel voorzich-

175

tig. 'Gewoonlijk zijn er vele wegen tussen het heden en de toekomst, tientallen mogelijkheden en uitkomsten. Maar soms zijn er weinig, of zelfs maar twee. Dat is hier het geval. Er komt een Heer van het duister – dat is definitief. Maar hij kan twee mensen zijn, jij of Steve Leonard.'

'Maar...' begon ik.

'Stil,' zei ze gebiedend. 'Aangezien we het punt naderen dat die keuze gemaakt zal worden, kan ik je een paar dingen vertellen waarover ik eerder heb moeten zwijgen. Dit is niet mijn eigen keuze, maar misschien heeft mijn broer je op de hoogte wilde stellen van je noodlot om je de tijd te geven je voor te bereiden. Het is niet verkeerd dat ik zijn laatste wensen respecteer.

Als jij Steve Leonard doodt, zul jíj een monster worden, het meest verachtelijke en verwerpelijke wezen dat de wereld ooit heeft gezien.' Mijn ogen puilden uit en ik opende mijn mond om te protesteren, maar ze ging verder voordat ik ook maar een woord had kunnen uitbrengen. 'Monsters zijn niet volledig monster als ze worden geboren. Ze groeien, worden groot en worden dan een volledig monster.

Jij zit vol haat, Darren, haat die jou zal vernietigen. Als je Steve doodt, zal het niet genoeg zijn. Je gaat door, voortgedreven door een woede die je niet kunt beheersen. Aangezien het lot jou heeft aangewezen als iemand die bekleed is met een enorme macht, zul je grote verwoestingen aanrichten. Je zult de vampanezen vernietigen, maar dat zal niet genoeg zijn. Er zal altijd een nieuwe vijand komen die je moet bevechten. Tijdens je zoektocht zullen vampiers proberen je tegen te houden. Die zullen ook omkomen door jouw hand. Vancha zal een van hen zijn.'

'Nee,' kreunde ik. 'Ik zou nooit...'

'Niet alleen vampiers komen op je pad,' ging Evanna verder, terwijl ze mijn protesten negeerde. 'Mensen zullen zich erin mengen, waardoor jij je tegen hen richt. En net zoals vampanezen en vampiers door jou zullen sterven, zullen de mensen dat ook. Jij zult deze wereld in puin leggen. En over die ruïnes zul jij oppermachtig als een opperkoning heersen, niets dan haat, voor de rest van je onnatuurlijk lange en duivelse leven.'

Ze zweeg en keek me vernietigend aan. 'Dat is je toekomst als je overwint. In de andere toekomst sterf je door toedoen van de andere Heer van het duister. Gebeurt dat niet tijdens de jacht op hem, dan gebeurt dat later, als de rest van de clan dood is. In veel opzichten is dat misschien wel het beste. Goed, heb je nog meer vragen?'

'Ik kan het niet,' zei ik verdoofd. 'Ik wil het niet. Er moet een manier zijn om daaraan te ontkomen.'

'Die is er ook,' zei Evanna. Ze draaide zich om en wees de weg af die ze was gekomen. 'Ga. Loop weg. Laat je vrienden achter. Verstop je. Als je gaat, verbreek je de condities van je noodlot. Steve zal de vampanezen tot de overwinning over de vampiers leiden en Heer van het duister worden. Jij kunt een normaal, rustig leven leiden – tot hij natuurlijk de wereld om je heen in elkaar laat storten.'

'Maar... dat kan ik niet,' zei ik. 'Ik kan degenen die

mij hun vertrouwen hebben gegeven niet de rug toekeren. Wat moet Vancha dan, Debbie, Shancus? Ik
moet hen helpen.'

'Ja,' zei Evanna triest. 'Ik weet het. Daarom kun je
niet ontsnappen. Jij hebt de macht je noodlot te ont-
lopen, maar de gevoelens voor je vrienden staan het
je niet toe. Jij zult nooit een uitdaging uit de weg
gaan. Dat kun je niet. En dus zul je, met de beste wil
van de wereld, je noodlot tot het bittere einde moeten doormaken – óf je sterft door de hand van Steve,
óf je stijgt tot beruchtheid als de Heer van het duister.'

'Je hebt het mis,' zei ik trillend. 'Dat doe ik niet. Ik
ben niet kwaadaardig. Nu ik het weet, zal ik die weg
niet gaan. Als ik Steve dood... als we winnen... zal ik
mijn noodlot de rug toekeren. Als ik kan, zal ik de
clan redden, en daarna ga ik ervandoor. Ik ga daar-
heen waar ik geen schade kan aanrichten.'

'Nee,' zei Evanna eenvoudigweg. 'Dat doe je niet.
Goed,' ging ze verder voordat ik mijn zaak weer kon
betwisten, 'we moeten ons achter je vrienden aan
haasten – deze nacht is beslissend voor de toekomst,
en het is niet gepast er nog een ogenblik van te missen.' Toen ze dat had gezegd, ging ze ervandoor in het
voetspoor van de anderen, hen volgend op een manier die ik niet kende, en mij stond niets anders te
doen dan achter haar aan te gaan, zwijgend, ontmoe-
digd, verward – en doodsbang.

Na een aantal minuten hadden we Debbie, Harkat en
Darius ingehaald. Ze waren verrast Evanna te zien,

maar ze zei niets tegen hen, bleef achteraan hangen en observeerde ons zwijgend. Tijdens onze tocht vroeg Debbie me of ik met Evanna had gesproken. Ik schudde mijn hoofd, niet bereid om te herhalen wat zij me had verteld. Ik probeerde enige logica in haar verhaal te ontdekken en mezelf ervan te overtuigen dat Evanna het mis had.

We sloten ons een kwartier later aan bij Vancha en Evra. Ze hadden V.W. gevolgd naar een gebouw en stonden buiten op ons te wachten. 'Hij is een paar minuten geleden naar binnen gegaan,' zei Vancha. 'Alice is naar de achterkant gegaan voor het geval hij daar probeert te ontsnappen.' Hij wierp een wantrouwige blik op Evanna. 'Ben je hier om te helpen of om tot last te zijn, Vrouwe?'

'Geen van beide, Prins,' zei ze glimlachend. 'Ik ben voornamelijk getuige.'

'Hurmf,' grauwde hij.

Ik staarde omhoog naar het gebouw. Het was groot en donker met onregelmatige, grijze stenen en kapotte ramen. Negen treden leidden naar een enorme voordeur. De treden waren gebarsten en overdekt met mos. Afgezien van meer mos en meer gebroken ruiten, was het niet veel veranderd sinds mijn laatste bezoek.

'Ik ken dit gebouw,' zei ik tegen Vancha, terwijl ik probeerde mijn gesprek met Evanna te vergeten en me te concentreren op de zaak die voor me lag. 'Het is een oude bioscoop. Hier trad het Cirque du Freak op toen Steve en ik nog klein waren. Ik had kunnen raden dat hij hiernaartoe zou gaan. De cirkel is rond.

Dit soort dingen zijn heel belangrijk voor een maniak als Steve.'

'Hou je bek over mijn vader!' gromde Darius.

Vancha gaf Darius een draai om de oren. 'Denk je dat Leonard hierbinnen zit?' vroeg hij.

'Ik weet het zeker,' zei ik, terwijl ik bloed van Morgan James van mijn voorhoofd veegde – ik had niet de tijd gehad mezelf wat op te knappen.

'Hoe staat het met Shancus?' siste Evra. Hij trilde van angst. 'Zal hij mijn zoon iets doen?'

'Niet zolang we zijn zoon in handen hebben,' zei ik.

Evra staarde Darius verward aan – hij wist niets van de jongen – maar mijn oude vriend vertrouwde me, dus hij accepteerde mijn geruststelling.

'Hoe pakken we dit aan?' vroeg Debbie.

'We lopen gewoon naar binnen,' zei ik.

'Is dat wel verstandig?' vroeg Vancha. 'Misschien moeten we proberen ze te besluipen, via de achterkant of via het dak.'

'Steve heeft dit allemaal voorbereid,' zei ik. 'Je kunt erom wedden dat hij alles wat we maar kunnen bedenken al heeft overwogen. We kunnen hem niet te slim af zijn. We zouden wel gek zijn als we het zouden proberen. Ik stel voor dat we naar binnen gaan, hem confronteren en bidden dat het geluk van de vampiers met ons is.'

'Het geluk van de verdoemden,' hoonde Darius. 'Jullie verslaan mijn vader niet, of welke vampanees ook. We zijn sterker dan jullie allemaal.'

Vancha nam Darius nieuwsgierig op. Hij boog zich naar voren en snoof als een hond. Daarna maakte hij een sneetje in de rechterarm van de jongen – Darius gaf geen krimp – doopte zijn vinger in het bloed dat naar buiten kwam en proefde het. Hij trok een gezicht. 'Hij heeft bloed gehad.'

'Van mijn vader,' zei Darius trots.

'Is hij een halfvampanees?' Ik fronste mijn voorhoofd en wierp een blik op zijn vingertoppen – ze hadden geen merktekens.

'Het bloed in hem is zwak,' zei Vancha. 'Maar hij is een van hen. Net voldoende bloed in zijn lichaam om ervoor te zorgen dat hij nooit meer mens wordt.'

'Heb je dit vrijwillig gedaan of heeft Steve je gedwongen?' vroeg ik Darius.

'Mijn vader dwingt me nooit tot iets!' snoof Darius. 'Net als elke vampanees gelooft hij in de vrije keuze – en dat is anders dan bij jullie.'

Vancha keek me vragend aan. 'Steve heeft hem nogal wat leugens over ons verteld,' legde ik uit. 'Hij denkt dat wij de slechteriken zijn en dat zijn vader een nobele kruisvaarder is.'

'Dat is hij ook!' schreeuwde Darius. 'Hij zal ervoor zorgen dat jullie nooit de macht over de wereld in handen krijgen. Jullie zullen nooit vrijelijk kunnen moorden! De nacht zal niet geteisterd worden door die schooiers van vampiers.'

Vancha trok geamuseerd een wenkbrauw naar me op. 'Als we de tijd hadden, zou ik het heerlijk vinden deze jongen het een en ander bij te brengen. Maar we hebben geen tijd. Debbie – bel Alice en vertel haar hiernaartoe te komen. We gaan met z'n allen naar binnen – allen voor een en dat soort onzin.'

Terwijl Debbie aan het bellen was, nam Vancha me terzijde en knikte naar Evra die een paar meter voor ons naar de ingang van de bioscoop stond te kijken en wanhopig zijn vuisten balde. 'Het gaat niet zo goed met hem,' zei Vancha.

'Natuurlijk niet,' mompelde ik. 'Hoe dacht je dan dat hij erop zou reageren?'

'Is het je duidelijk wat we moeten doen?' reageerde Vancha. Ik staarde hem koel aan. Hij greep mijn arm en kneep er hard in. 'Leonard móét dood. Jij en ik zijn te verwaarlozen. Net zoals Debbie, Alice, Harkat, Evra – en Shancus.'

'Ik wil hem redden,' zei ik beroerd.

'Ik ook.' Vancha zuchtte. 'En we doen het ook als het lukt. Maar de Heer der Vampanezen komt op de eerste plaats. Denk eraan wat er gebeurt als we mislukken: de vampiers zullen vernietigd worden. Zou jij het leven van de slangenjongen willen ruilen voor dat van iedereen van de clan?'

'Natuurlijk niet,' zei ik, terwijl ik mezelf losmaakte. 'Maar ik geef hem niet zo makkelijk op. Als Steve bereid is te onderhandelen, onderhandel ik. We kunnen hem op een andere nacht bevechten.'

'En als hij niet wil onderhandelen?' hield Vancha aan. 'Als hij op een krachtmeting aanstuurt?'

'Dan vechten we en doden we hem, of we worden gedood – wat de prijs ook moge zijn.' Ik keek hem recht in de ogen zodat hij kon zien dat ik oprecht sprak.

Vancha controleerde zijn shurikens en pakte er een paar. Toen draaiden we ons om, verzamelden onze bondgenoten om ons heen – Debbie sleepte Darius

mee – beklommen de treden en gingen de oude, verlaten bioscoop binnen waar, voor mij, jaren geleden
de nachtmerries waren begonnen.

Het leek op een terugkeer naar het verleden. Het gebouw was koeler en vochtiger dan destijds en op de muren stond nieuwe graffiti gekalkt, maar verder was er geen verschil. Ik ging voorop door de lange gang waar meneer Tall achter Steve en mij aan was geslopen om plotseling uit de duisternis tevoorschijn te komen met die ongelooflijke snelheid en stilte die zijn handelsmerk waren. Aan het einde een hoek naar links. Ik zag de plaats waar meneer Tall onze kaartjes had aangenomen en had opgegeten. Toen hadden er voor de ingang naar de zaal blauwe gordijnen gehangen. Vanavond waren er geen gordijnen – de enige verandering.

We liepen de zaal in, twee aan twee, Vancha en Alice voorop, Debbie en Evra erachter (Debbie duwde Darius voor zich uit), daarna Harkat en ik. Evanna volgde langzamer.

Het was volslagen duister in de zaal. Ik zag niets. Maar ik hoorde ergens ver voor ons een zachte, gedempte ademhaling. 'Vancha,' fluisterde ik.

'Ik weet het,' fluisterde hij achterom.

'Moeten we erheen?' vroeg ik.

'Nee,' antwoordde hij. 'Het is te donker. Wacht.'

Er ging een minuut voorbij. Twee minuten. Drie. Ik voelde de spanning stijgen, zowel in mezelf als in de anderen om me heen. Maar niemand verbrak de gelederen of sprak. We bleven in het donker staan wachten en lieten de eerste zet aan onze vijanden over.

Een aantal minuten daarna, zonder waarschuwing, schoten schijnwerpers boven ons aan. Iedereen hijgde en ik liet een harde kreet horen, bukte me en beschermde mijn ultragevoelige ogen met mijn handen. Een paar vitale momenten waren we onbeschermd. Dat zou het ideale moment zijn geweest voor een aanval. Ik verwachtte vampanezen en vampets met getrokken wapens overal vandaan, maar er gebeurde niets.

'Zijn je ogen oké?' vroeg Debbie die naast me neerhurkte.

'Niet echt,' kreunde ik, terwijl ik langzaam mijn ogen een fractie opende om iets te kunnen zien. Zelfs dat deed enorm zeer.

Met een hand voor mijn ogen tuurde ik naar voren, en mijn adem stokte. Het was heel goed dat we niet verder waren gelopen. De hele vloer van de zaal was eruit gesloopt. Ervoor in de plaats, van muur tot muur, op een paar meter voor ons helemaal tot aan het toneel, was een enorme kuil gevuld met gepunte staken.

'Indrukwekkend, hè?' riep iemand vanaf het toneel. Mijn blik ging omhoog. Het was moeilijk te zien, omdat de lampen van boven het toneel op ons waren gericht, maar langzaam kreeg ik het beeld in ogen. Plat op het toneel lagen tientallen lange, dikke boomstammen als een ideale dekking. Omhoog stekend vanachter een stam op het voortoneel was het grijnzende gezicht van Steve Leopard.

Toen Vancha Steve zag, greep hij een shuriken en wierp die naar hem toe. Maar Steve had de plek zorgvuldig uitgekozen en de werpster eindigde in het hout van de stam waarachter hij stond.

'Pech gehad, Heer,' zei Steve lachend. 'Wou je de beste uit drie worpen proberen?'

'Misschien kan ik hem te grazen nemen,' mompelde Alice, terwijl ze naast Vancha ging staan. Ze hief haar pistool en vuurde, maar de kogel kwam niet verder dan de shuriken.

'Betekent dat dat je niet meer wilt oefenen, of wil je nog een paar pogingen wagen?' riep Steve.

'Ik zou wel over het gat kunnen springen,' zei Vancha weifelend, terwijl hij de rijen staken tussen hem en het toneel bestudeerde.

'Doe niet zo belachelijk,' gromde ik. Zelfs vampiers hebben hun grenzen.

'Ik zie verder niemand,' fluisterde Debbie, terwijl ze door de zaal keek. Het balkon boven ons — waarvandaan ik Steve en meneer Crepsley had bespioneerd — zou vol kunnen zitten met vampanezen en vampets, maar het leek me niet waarschijnlijk — ik hoorde niets daarboven, zelfs geen enkele hartslag.

'Waar is je leger?' schreeuwde Vancha naar Steve.

'Overal en nergens,' antwoordde Steve liefjes.

'Heb je ze niet meegenomen?' riep Vancha uitdagend.

'Vanavond niet,' zei Steve. 'Ik heb ze niet nodig. De enige mensen met wie ik het toneel deel, zijn mijn peetvader – alias Gannen Harst – een zekere Vampanezenwreker en een heel bange, kleine slangenjongen. Hoe heet hij ook weer, V.W.?'

'Shancus,' klonk het antwoord van achter een stam links van Steve.

'Shancus!' brulde Evra. 'Gaat het goed met je?'

Er kwam geen antwoord. Mijn hart zonk in mijn schoenen. Toen duwde V.W. Shancus achter een stam vandaan en we zagen dat hij, hoewel zijn handen op zijn rug gebonden waren en hij een prop in zijn mond had, nog in leven was en er ongedeerd uitzag.

'Het is een geanimeerd kind,' zei Steve lachend. 'Een beetje luidruchtig, vandaar de prop. Die taal die hij gebruikt... Stuitend! Ik weet niet waar de kinderen tegenwoordig die smerige taal vandaan halen.' Steve zweeg even. 'Tussen haakjes, hoe is het met mijn eigen geliefde vlees en bloed? Ik zie niet zoveel hiervandaan.'

'Ik ben oké, vader!' schreeuwde Darius. 'Maar ze hebben Morgan vermoord! Die grijze heeft zijn hoofd afgehakt met een bijl!'

'Hoe gruwelijk.' Steve klonk niet in het minst ontdaan. 'Ik heb je verteld dat het barbaren waren, zoon. Geen enkel respect voor leven.'

'Het was wraak!' gilde Harkat. 'Hij heeft meneer Tall vermoord.'

Er volgde een stilte op het toneel. Steve leek naar woorden te zoeken.

Toen, vanachter een stam dichtbij, hoorde ik Gannen Harst naar V.W. roepen: 'Is dit waar?'

'Ja,' mompelde V.W. 'Hij heeft hem neergeschoten.'

'Hoe weet je dat hij hem gedood heeft?' vroeg Steve. 'Misschien is Tall alleen maar gewond.'

'Nee,' antwoordde Evanna, haar eerste woord sinds de confrontatie. 'Hij is dood. Morgan James heeft hem vermoord.'

'Ben jij dat, Vrouwe Evanna?' vroeg Steve onzeker.

'Ja,' zei ze.

'Toch niets slechts in de zin, hoop ik, zoals de kant van de vampiers kiezen?' Hij zei het luchthartig, maar zijn angst was duidelijk – hij had liever geen problemen met de Vrouwe van het Woud.

'Ik heb nooit de kant gekozen van vampiers noch vampanezen, en ik ben niet plan daar nu mee te beginnen,' zei Evanna koeltjes.

'Dan is het goed,' zei Steve grinnikend, terwijl zijn zelfvertrouwen terugkeerde. 'Interessant, dat van meneer Tall. Ik heb altijd gedacht dat hij niet gedood kon worden met gewone wapens. Ik zou al lang geleden achter hem aan zijn gegaan als ik had geweten dat hij zo makkelijk om zeep te helpen was.'

'Achter hem aan zijn gegaan waarvoor?' schreeuwde ik.

'Voor onderdak verlenen aan criminelen,' zei Steve giechelend.

'Jij bent hier de enige crimineel,' kaatste ik terug.

Steve zuchtte theatraal. 'Zie je dat ze me belasteren, zoon? Ze vervuilen deze wereld met hun moordzuchtige aanwezigheid en wijzen daarna de beschuldigende vinger een andere kant op. Dat is altijd de manier van de vampiers geweest.'

Ik wilde reageren, maar besloot toen dat ik daarmee

mijn tijd verspilde. 'Laten we ophouden met die onzin,' zei ik. 'Je hebt ons niet hierheen gebracht voor
een oorlog met woorden. Kom je nog achter dat hout
vandaan of niet?'

'Nee!' riep Steve kakelend. 'Denk je dat ik gek ben?
Je zou me meteen koud maken.'

'Waarom heb je ons dan hiernaartoe gebracht?' Ik
keek weer nerveus om me heen. Ik kon niet geloven
dat hij geen val had opgesteld, dat er tijdens ons gesprek geen tientallen vampanezen of vampets op ons
af kwamen sluipen. Toch voelde ik geen dreiging. Ik
zag dat Vancha ook in de war was.

'Ik wil praten, Darren,' zei Steve. 'Ik wil praten over
een vredesverdrag.'

Daar moest ik om lachen – het was zo'n belachelijk
idee. 'Misschien wil je wel mijn bloedbroeder worden,' hoonde ik.

'In zekere zin ben ik dat al,' antwoordde Steve cryp-
tisch. Toen vernauwden zijn ogen sluw. 'Je hebt de be-
grafenis van Tommy gemist toen je herstelde.'

Ik vloekte heftig maar kalm. 'Waarom moest Tommy
dood?' snauwde ik. 'Waarom moest je hem je krankzinnige web van wraak binnensleuren? Heeft hij jou
ook verraden?'

'Nee,' zei Steve. 'Tommy was mijn vriend. Ook als anderen slecht over me spraken, bleef hij me steunen.
Ik had niets tegen hem. Hij was ook een fantastische
keeper.'

'Waarom heb je hem dan laten doden?' gilde ik.

'Waar heb je het over?' onderbrak Darius ons. 'Jij hebt
Tom Jones gedood. Morgan en V.W. hebben gepro-

beerd je tegen te houden, maar... Zo is het toch, pap?'
vroeg hij, en ik zag de eerste flikkeringen van twijfel
in de ogen van de jongen.

'Ik heb het je gezegd, zoon,' antwoordde Steve, 'je
kunt niets geloven van wat een vampier zegt. Besteed
geen aandacht aan hem.' Toen, tegen mij, zei hij: 'Heb
je je niet afgevraagd hoe Tommy aan zijn kaartje voor
het Cirque du Freak kwam?'

'Ik nam gewoon aan...' Ik zweeg. 'Jij hebt hem erin
geluisd!'

'Natuurlijk,' zei Steve grinnikend. 'Met jouw hulp.
Weet je nog dat je het kaartje aan Darius hebt gegeven? Hij heeft het doorgegeven. Tommy was een sport-
zaak aan het openen en handtekeningen aan het uit-
delen. Darius ging erheen en ruilde zijn kaartje tegen
een voetbal met handtekening. We hebben hem nog
ergens liggen. Binnenkort zou dat weleens een ver-
zamelobject kunnen worden.'

'Je bent ziek,' snauwde ik. 'Je gebruikt een kind om
jouw vuile werk op te knappen – walgelijk.'

'Niet echt,' wierp Steve tegen. 'Het toont alleen maar
hoe hoog ik de jongeren waardeer.'

Nu ik wist dat Steve Tommy het kaartje had gegeven,
snelden mijn gedachten voort en vielen de stukjes van
zijn plan samen. 'Je had nooit zeker kunnen weten dat
Tommy en ik elkaar na de voorstelling zouden ont-
moeten,' zei ik.

'Nee, maar ik gokte erop dat het zou gebeuren. En zo
niet, dan zou ik een andere manier hebben bedacht
om jullie bij elkaar te brengen. Ik hoefde het niet,
maar het idee beviel me. Dat hij en wij hier op de-

zelfde tijd waren, was de Voorzienigheid. Ik ben alleen een beetje gekrenkt dat Alan er niet ook was – dat zou een volledige reünie hebben betekend.'

'En mijn kaartje voor de voetbalwedstrijd? Hoe ben je daar achter gekomen?'

'Ik heb Tommy die ochtend gebeld,' zei Steve. 'Hij was verbaasd – eerst loopt hij zijn oude vriend Darren tegen het lijf, en daarna krijgt hij een telefoontje van zijn makker Steve. Hoe toevallig! Ik deed ook alsof ik verbaasd was. Ik vroeg hem alles over jou. Hoorde dat je naar de wedstrijd kwam. Hij nodigde mij ook uit, maar ik zei dat ik niet kon.'

'Heel slim,' complimenteerde ik hem ijzig.

'Niet echt,' zei Steve met een valse bescheidenheid. 'Ik gebruikte alleen maar zijn onschuld om jou te strikken. Het manipuleren van de onschuld is kinderspel. Het verrast me dat jij er niet doorheen hebt geprikt. Je moet werken aan je paranoia, Darren. Verdenk iedereen, zelfs degenen die boven elke verdenking staan – dat is mijn motto.'

Vancha kwam dicht bij me staan. 'Als jij hem aan de praat houdt, kan ik misschien wegglippen en hem van achteren aanvallen,' fluisterde hij.

Ik knikte slechts een fractie en Vancha sloop langzaam weg. 'Tommy vertelde me dat hij in het verleden met jou contact heeft gehad,' zei ik hardop, in de hoop de geluiden van Vancha's voetstappen te maskeren. 'Hij vertelde me dat hij me na de wedstrijd iets over jou moest vertellen.'

'Ik kan wel raden wat het was,' zei Steve poeslief. 'Zou je het met me willen delen?'

'Nog niet,' zei hij. Vervolgens scherp: 'Als je nog een stap naar die deur doet, meneer March, sterft de slangenjongen.' Vancha bleef staan en wierp Steve een blik vol walging toe.

'Laat mijn zoon met rust!' gilde Evra. Hij had zichzelf in bedwang weten te houden, maar Steves dreigement werd hem te veel. 'Als je hem iets doet, vermoord ik je! Ik zal je zoveel pijn laten voelen, dat je om je dood smeekt.'

'Hemeltje,' koerde Steve. 'Hoe wraakzuchtig! Je schijnt er een handje van te hebben je vrienden tot geweld aan te sporen, Darren. Of omring je jezelf met gewelddadige types?'

'Krijg het heen en weer,' gromde ik. Daarna, zijn verbale spelletjes beu, zei ik: 'Vecht je nog of niet?'

'Ik heb die vraag al beantwoord,' zei Steve. 'De strijd komt wel, wees niet bang, maar dit is noch de plaats noch de tijd. Er is een tunnel achterin – pas gemaakt – waardoorheen we zo direct vertrekken. Tegen de tijd dat jullie langs de staken zijn gekomen, zijn we al ver buiten bereik.'

'Waar wacht je dan op?' snauwde ik. 'Sodemieter op.'

'Nog niet,' zei Steve, en zijn stem klonk nu hard. 'Eerst zal er een offer gebracht moeten worden. Vroeger werd er voor een grote veldslag altijd een offer gebracht om de goden tevreden te stellen. Het is natuurlijk waar dat de vampanezen geen officiële goden hebben, maar om geen risico te lopen...'

'Néé!' gilde Evra – het was voor hem net zo duidelijk als voor anderen wat Steve wilde doen.

'Niet doen!' schreeuwde ik.

'Gannen!' brulde Vancha. 'Dit kun je niet toestaan!'

'Ik heb hierin niets te zeggen, broer,' antwoordde Gannen vanachter zijn stam. Hij had zijn gezicht nog niet laten zien. Ik had het gevoel dat hij zich daarvoor te veel schaamde.

'Klaar, V.W.?' vroeg Steve.

'Ik ben hier niet zo zeker van, man,' antwoordde V.W. ongemakkelijk.

'Wees niet ongehoorzaam!' gromde Steve. 'Ik heb je gemaakt en ik kan je breken. Goed, bebaarde, armloze freak, ben je klaar?'

Een korte pauze. Toen antwoordde V.W. zacht: 'Ja.'

Vancha vloekte en rende naar voren om te proberen door de kuil vol staken heen te komen. Harkat hinkte achter hem aan. Alice en Debbie schoten op de stam waarachter Steve zich schuilhield, maar hun kogels kwamen er niet doorheen. Ik stond daar met mijn mes in mijn hand en dacht wanhopig na.

Toen klonk er een beverig stemmetje achter me: 'Pa?'

Iedereen hield op. Ik keek achterom. Darius trilde.

'Pa?' riep hij weer. 'Je gaat hem toch niet echt doodmaken, hè?'

'Stil!' snauwde Steve. 'Je begrijpt niet wat er aan de hand is.'

'Maar... hij is nog maar een jongen... net als ik. Je kunt niet...'

'Hou je mond!' brulde Steve. 'Ik leg het je later wel uit! Blijf...'

'Nee,' onderbrak ik hem, terwijl ik achter Darius ging staan. 'Er komt geen "later". Als jij Shancus doodt, dood ik Darius.' Voor de tweede keer die nacht voelde ik een duistere geest in me groeien en ik drukte het scherp van mijn mes tegen de keel van de jongen. Achter me maakte Evanna een zacht koerend geluid. Ik negeerde haar.

'Je bluft,' joelde Steve. 'Je zou geen kind kunnen doden.'

'Dat kan hij wel,' antwoordde Debbie voor mij. Ze stapte weg. 'Darren wilde hem al eerder doden. Harkat hield hem tegen. Hij zei dat we de jongen nodig hadden om voor Shancus te ruilen. Anders zou Darren hem gedood hebben. Darius – zo is het toch?'

'Ja,' kreunde Darius. Hij snikte. Voor een deel uit angst, maar ook voor een deel uit afschuw. Zijn vader had hem grootgebracht op leugens en valse heroïek. Pas nu begon hij te beseffen met wat voor monster hij zich had verbonden.

Ik hoorde Steve mopperen. Hij tuurde om zijn boomstam heen en bestudeerde ons vanaf het toneel. Ik maakte geen dreigende bewegingen. Ik hoefde niet. Mijn besluit was duidelijk.

'Goed dan,' snoof Steve. 'Gooi jullie wapens weg en we ruilen de twee jongens.'

'Denk je dat we ons overleveren aan jouw ongevoelige genade?' snoof Vancha. 'Laat Shancus gaan en we overhandigen jou je zoon.'

'Pas als jullie je wapens afleggen,' hield Steve vol.

'En jou de kans geven ons neer te maaien?' riep Vancha uitdagend.

Er volgde een korte pauze. Toen gooide Steve een pijlgeweer weg, ver over het toneel. 'Gannen,' zei hij, 'draag ik verder andere wapens?'

'Een zwaard en twee messen,' antwoordde Gannen onmiddellijk.

'Die bedoel ik niet,' gromde Steve. 'Heb ik nog afstandswapens?'

'Nee,' zei Gannen.

'En jij en V.W.?'

'Ook niet.'

'Ik weet dat je niets van wat ik zeg geloof,' schreeuwde Steve naar Vancha, 'maar je vertrouwt je eigen broer toch wel? Hij is een pure vampanees – hij zou zichzelf nog liever doden dan een leugen vertellen!'

'Ja,' mompelde Vancha ongelukkig.

'Gooi je wapens dan neer,' zei Steve. 'We vallen niet aan als jullie het ook niet doen.'

Vancha keek naar mij om raad. 'Doe het,' zei ik. 'Hij is gebonden, net als wij. Hij zal het leven van zijn zoon niet in de waagschaal stellen.'

Vancha twijfelde, maar hij maakte zijn riemen met werpsterren los en gooide die naast zich neer. Debbie gooide haar pistool weg en Alice, met tegenzin, ook. Harkat had alleen maar een bijl, die hij neerlegde op de vloer naast zich. Ik bleef mijn mes tegen de keel van Darius houden.

Steve stapte achter de boomstam vandaan. Hij grijnsde. Ik voelde de aandrang mijn mes naar hem toe te gooien – ik had hem misschien net kunnen raken van deze afstand – maar ik deed het niet. Als Vampiersprins en een van de jagers op de Heer der Vampanezen had ik het moeten doen. Maar ik kon het risico niet lopen dat ik miste. Hij zou Shancus doden zodra dat gebeurde.

'Kom te voorschijn, jongens,' zei Steve. Gannen Harst en V.W. verschenen van achter hun stammen, V.W. duwde de gebonden Shancus voor zich uit. Gannen Harst keek grimmig zoals altijd, maar V.W. grijnsde. Eerst dacht ik dat het een spottende grijns was, maar toen besefte ik dat het een grijns van opluchting was – hij was blij dat hem niet was gevraagd de slangenjongen te doden. V.W. was een doorgedraaide, verbitterde gek, maar ik zag toen dat hij niet zo in en in slecht was – niet zoals Steve.

'Ik neem het reptiel,' zei Steve die zijn hand naar Shancus uitstak. 'Jij pakt de plank en legt die over de kuil.'

V.W. gaf Shancus over aan Steve en liep naar het achtertoneel. Hij begon een lange plank naar voren te slepen. Het was niet zo gemakkelijk voor hem – hij kon geen goede greep krijgen omdat meneer Tall zijn haken had losgerukt. Gannen hielp hem, terwijl hij een oogje op ons bleef houden. Getweeën begonnen ze de plank over het gat te schuiven en lieten die steunen op de stompe punten van staken die, zoals ik nu zag, speciaal met dat doel daar waren neergezet.

Steve hield ons in de gaten als een havik, terwijl V.W. en Gannen met de plank bezig waren. Hij hield Shancus voor zich, en streelde het lange, groene haar van de slangenjongen. Het beviel me niet zoals hij naar ons keek – ik had het gevoel dat we doorgelicht werden – maar ik zei niets en dwong in gedachten V.W. en Gannen op te schieten met de plank.

Steves ogen bleven lange tijd op Evra rusten – die glimlachte hoopvol, zijn handen half uitgestrekt naar

zijn zoon – en richtte die vervolgens op mij. Hij hield
op met het strelen van Shancus' haar en plaatste zacht
een hand aan weerskanten op zijn schouders. 'Ken je
die spelletjes nog die we speelden toen we klein waren?' vroeg hij geslepen.

'Welke spelletjes?' Ik keek fronsend. Ik had een verschrikkelijk gevoel – een gevoel van totale verdoemenis – maar ik kon alleen maar met hem meegaan.
'Wie waagt die wint,' zei Steve en iets in zijn stem
deed V.W. en Gannen ophouden en omkijken. Steves
gezicht toonde geen enkele uitdrukking, maar in zijn
ogen lag een krankzinnige schittering. 'Een van ons
zegt dan: "Ik daag je uit dit te doen" en steekt zijn
hand in het vuur of drukt een speld in zijn been. De
ander moet hem dat nadoen. Weet je nog?'

'Nee!' kreunde ik. Ik wist wat er kwam. Ik wist dat
ik het niet zou kunnen verhinderen. Ik wist dat ik een
dwaas was geweest en de fout van een dwaas had gemaakt – ik had aangenomen dat Steve een heel klein
beetje menselijk was.

'Ik daag je uit dit te doen, Darren,' fluisterde Steve
angstaanjagend. Voor ik antwoord kon geven, greep
hij Shancus' hoofd stevig vast en draaide het scherp
naar links, daarna naar rechts. Shancus' nek brak.
Steve liet hem vallen. Shancus viel op de vloer. Steve
had hem vermoord.

Iedereen was volkomen ontdaan door Steves daad van pure, zinloze slechtheid. We bleven lang alleen maar naar hem en naar het levenloze lichaam aan zijn voeten staren. Steve keek verbluft, alsof hij iets had gedaan zonder erover nagedacht te hebben.

Toen werd Evra woest. *'Schoft!'* gilde hij en dook naar de kuil vol staken. Als Harkat niet in beweging was gekomen en hem niet opzij had gemept, zou Evra zichzelf op de staken gestort hebben en net als zijn zoon zijn gestorven.

'Het is niet te geloven...' mompelde Alice, haar gezicht nog witter dan gewoonlijk. Toen werd haar uitdrukking hard en ze rende op het pistool af dat ze had weggegooid.

Debbie zakte op haar knieën en huilde, niet in staat die slechtheid te verwerken. Hoe gehard ze ook was geworden, niets in haar leven had haar hierop voorbereid.

Harkat worstelde met Evra en drukte hem tegen de grond om hem tegen zijn eigen woede te beschermen. Evra gilde hysterisch en stompte met zijn geschudde vuisten tegen Harkats brede, grijze gezicht, maar Harkat bleef hem stevig vasthouden.

Vancha was bij de kuil met staken en werkte zich als een bezetene over de geslepen punten heen in de richting van het toneel.

V.W. en Gannen Harst keken met openhangende mond naar Steve.

Evanna keek zwijgend toe. Als de moord haar had geschokt, dan wist ze dat uitzonderlijk goed te verbergen.

Darius was verstijfd van schrik, en hield zijn adem in, zijn ogen wijdopen.

Ik stond nog achter Darius met mijn mes tegen zijn keel. Ik was hier de kalmste van iedereen (op Evanna na). Niet omdat ik op de een of andere manier niet aangedaan was door wat er was gebeurd, maar omdat ik wist wat ik uit vergelding moest doen. De woeste, harde kant vol haat in mij was weer tot leven gekomen en had de macht volledig overgenomen. Ik zag de wereld door verschillende ogen. Het was een verschrikkelijk slechte omgeving waar alleen het vreselijke en slechte kon gedijen. Om een kwaadaardig monster als Steve te verslaan, moest ik tot zijn diepten afdalen. Meneer Crepsley had me gewaarschuwd het niet te doen, maar hij had het mis. Wat maakte het uit als ik Steve op de weg van pure slechtheid volgde? Hem tegenhouden, wraak te nemen voor alle mensen die hij had vermoord, was het enige wat me nu nog kon schelen.

Terwijl ik aan dit alles dacht, kwam Gannen weer bij zinnen en zag dat Vancha hen dicht genaderd was. Hij haastte zich naar zijn Heer, greep Steve bij de rechterarm en draaide hem hardop vloekend naar de uitgang. V.W. kwam bevend overeind en strompelde achter hen aan. Hij bleef staan, kotste en wankelde daarna weer verder.

Alice vond haar pistool, bracht het omhoog en schoot. Maar er waren te veel boomstronken tussen haar en de vampanezen. Ze kwam zelfs niet in hun buurt.

Steve bleef bij de tunnelingang achter op het toneel staan. Gannen probeerde hem erin te duwen, maar hij schudde de handen van zijn beschermer van zich af en draaide zich om om triomfantelijk, en uitdagend, naar me te kijken.

'Schiet op!' gilde Steve. 'Laat me zien dat je het kunt! Ik daag je uit! Twee keer!'

Op dat moment, alsof onze geesten op de een of andere manier op elkaar aansloten, begreep ik Steve volledig. Voor een deel was hij ontzet door zijn wreedheid. Hij hing gevaarlijk tegen de grens van pure waanzin aan. Als deze nacht in mij het monster was gegroeid, dan was dat bij Steve de mens. Hij had mij nodig om in zijn slechtheid een gelijke te hebben. Als ik Darius doodde, kon Steve zijn wreedheid rechtvaardigen en ermee doorgaan. Maar als ik niet reageerde op zijn slechtheid met een net zo slechte daad van mijn kant, zou dat de waarheid onthullen over hoe diep hij was gevallen. Hij zou zelfs kunnen breken onder het gewicht van het volledige besef en gek worden. Ik had de macht hem te vernietigen – met genade.

Maar ik kon geen genade in mezelf vinden. De laaiende woede in mijn hart en hoofd eiste de dood van Darius. Goed of fout, ik moest de dood van Shancus wreken. Oog om oog, tand om tand, leven om leven. Uit een ooghoek zag ik Evanna. Haar blik was strak op mij gericht. Er stond geen medelijden in die ogen, alleen de vermoeidheid van iemand die alle slechtheid van de wereld al had gezien en moest toezien hoe die zichzelf steeds weer herhaalde.

'Uitdaging aanvaard,' zei ik, waarmee ik mezelf veroordeelde tot mijn duistere lotsbestemming en op dat moment wist ik dat ik al mijn morele waarden verried. Dit was het begin van de weg naar verdoemenis. Als ik Steve versloeg, zou ik de Heer van het duister worden, en in de lange, bloedrode decennia die voor me lagen, zou ik terugzien op deze nacht en zeggen: 'En daar werd het monster geboren.'

Ik begon mijn mes over Darius' keel te halen. Deze keer probeerde Debbie me niet tegen te houden – ze voelde mijn verdoemenis en was niet bij machte me te redden. Maar toen hield ik op. De keel was een te onpersoonlijk doelwit. Ik wilde dit Steve echt laten voelen.

Ik liet het mes zakken, sneed het hemd van Darius open en toonde zijn blote, bleke borst. Ik zette de punt van het mes op zijn hart en staarde naar Steve zonder verder nog met mijn ogen te knipperen tegen het schelle licht, mijn blik duister, mijn lippen strak over mijn tanden getrokken.

Steves uitdrukking bevroor. Het monster in hem had zijn evenbeeld in mij gezien en was tevreden. Hij trok zich terug van de waanzin en werd weer dezelfde koele, geslepen berekenende Steve. Hij glimlachte.

Ik haalde mijn arm helemaal naar achteren, zodat ik

snel met het mes kon stoten. Ik was van plan Darius met al mijn kracht en snel te doden. Misschien was ik dan een monster, maar ik was nog niet volledig harteloos. In ieder geval nog niet.

Maar Steve riep voor ik het hart van zijn zoon kon doorboren. 'Wees voorzichtig, Darren! Je weet niet wie je doodt!'

Ik had niet moeten aarzelen. Ik wist dat hij me, als ik het deed, zou afleiden met de een of andere krankzinnige truc. Het was gevaarlijk om naar demonen te luisteren. Het was beter om snel toe te slaan en je oren voor hen te sluiten.

Maar ik kon er niets aan doen. Er klonk een duistere uitnodiging in zijn stem. Het was net als wanneer iemand op het punt stond een gruwelijke maar uiterst lachwekkende grap te vertellen. Ik kon de afschuw ervan voelen, maar ook de humor. Ik moest blijven luisteren.

'Darius,' zei Steve grinnikend, 'vertel Darren hoe je moeder heet.' Darius keek zijn vader met open mond aan en wist niet wat hij moest antwoorden. 'Darius!' brulde Steve. 'Hij staat op het punt je een mes in je hart te stoten! Vertel hem hoe je moeder heet – nu!'

'A-a-a-Annie,' zei Darius piepend, en ik verstarde.

'En haar achternaam,' vroeg Steve zacht, genietend van het moment.

'Shan,' fluisterde Darius niet begrijpend. 'Annie Shan. Wat is daarmee?'

'Zie je, Darren,' zei Steve poeslief, en hij gaf me een knipoog voor hij verdween in de tunnel naar de vrijheid toe, 'als je Darius doodt, dood je niet alleen mijn zoon — maar je vermoordt je *eigen neef!*'

Wordt vervolgd...

Aan alle sagen komt een einde. De sage van Darren Shan eindigt in het voorjaar van 2005 met het twaalfde en laatste deel:

ZONEN VAN HET LOT